書《しょ》架《か》解《かい》体《たい》

井上宗雄

王朝和歌から中世和歌へ

青簡舎

目次

書架解体

王朝和歌から中世和歌へ

第一章　王朝和歌から中世和歌へ
付　伝統詩の性格

1

ほぼ平安時代に当たる中古の和歌史を大きく前後に二分することが、戦後の和歌研究の定石となっているのではなかろうか。

橋本不美男『王朝和歌史の研究』は、その前期の和歌の性格を、宮廷生活圏で詠まれた宮廷詩と把握し、雅びを理想とした宮廷生活の「場の心を得て、折にあうことが第一条件で」あり、「王朝和歌すなわち宮廷詩は場の文芸」で、それは後期（院政期）以後の個の文芸という意識に支えられた和歌（それは中世和歌へと連なるものであるが）と鮮やかな対照を示すと考えたのであった。

久保木哲夫は、「「折り」の文学としての平安和歌」という講演筆記（国文学研究資料館講演集2、'81）の中で、おおよそ次のように語っている。すなわち、平安時代の、季節とか、ある状況とか、あるいは対人関係とかを重んずる精神は、当然、和歌の場合にも現われ、「折り」を無視して詠作することは全くなくて、「平安時代の和歌の持つ一つの大きな特徴を」折りに支えられたものと考え、和歌は「折りの文学」である、としてとらえられるのではないか、と指摘し、これは「今はまだはっきり認知されてはおりませんし、耳慣れない言葉ですけれども、そのうちだんだんこの言葉が定着していってくれるのではないか」と結んでいる。

しかし中古前期＝王朝和歌が「場の心を得」た、「折りの文学」であるという考え方は、現在ではかなり定着しているのではなかろうか。

さて、このような王朝和歌の性格は、当然次述の問題とも関わりを持つであろう。

折りの歌、日常の歌、場の歌であるということは、その中に、挨拶の歌、贈答の歌、会話としての歌、という性格を包み込んでいる。そこで思い起こされるのは、「和歌は実用品であるとともに文芸品である」という窪田空穂の立言である（「古今和歌集概説」。『古今和歌集評釈』の巻頭に置かれたもの）。この立言では、平安時代の歌には、実用品の和歌と、文芸品の和歌と、それぞれの性格を持つ作品に二分されるようにも読めるが、一首の中にこの二つの性格を込めている作品もある、と考えてよいのではなかろうか。例えば、

仁和の帝、皇子におましましける時に、人に若菜賜ひける御歌

君がため春の野に出でて若菜摘むわが衣手に雪は降りつつ　（古今集・春上・二一）

の歌は、明らかに消息の代りである。つまり実用品である。と同時に、それは実用性を超えて――青々と萌え出て来た若菜、それを摘みに春の野に下り立つ貴公子、そこにやわらかく降りかかる淡雪、といった一幅の王朝絵巻のような美的世界を形成するものでもあった。いい換えれば、美しい景をイメージさせる歌を消息として贈る、ということは、実用性と文芸性との融合・統一なのであって、ここに王朝和歌の本質があったといってよいのではなかろうか。

王朝和歌は、雅びな宮廷や貴族のサロンへの奉仕であり、総合美を目ざす「折り」の一環であった（橋本前掲著書）。それは実用性と文芸性との融合と称してもよいものであった。

更に有名な一首を掲げよう。

女院の中宮と申ける時、内におはしまいし《（ママ）》に、ならから僧都のやへさくらをまいらせたるに、こ年のとりいれ人はいままいりそとて、紫式部のゆつりしに、入道《（道長）》殿きかせたまひて、たたにはとりいれぬものを、とおほせられしかは

いにしへのならのみやこのやへ桜けふ九重ににほひぬる哉　（伊勢大輔集・一類本・五）

内容については解説する要もないであろう。晴の場で、おそらくは入道の意を受けた先輩女房紫式部からのテストに対して、（尻込みしては雅びの雰囲気の打ち壊しである）逡巡することなく詠み上げた見事さは、王朝和歌の典型といえるであろう。[1]

2

三代集の時代に、勅撰集や、和歌それ自体が、社会的にどれほど高い（あるいは低い）地位を持っていたか、正確に計ることは難かしい。社会的に広がりを持っていたこと、生活に根ざしていたこと自体が、必ずしも高い地位を示すわけではない。しかし平安京に文化圏が成立し、成熟し、和歌が貴族社会の社交雅語として洗練されて行くにつれて、高貴権門において歌合が頻繁に行われ、高位の歌人がそこに関わり、家集が次々と成立するなどして、十一世紀になると、伝統文芸としての形成が次第に明確化されて来て、和歌は社会的に高い地位を獲得して来るのであった。

同時に和歌に執する人々が輩出する。代表的なのは能因で、またその影響を強く受けた、中下級貴族層の和歌六人党、更には藤原道雅ら没落上級貴族、そして頼宗・長家といった大臣・公卿の権門歌人も和歌に深く打込むようにな

る。後朱雀・後冷泉朝は数寄の歌人輩出の時代といってよい。

藤原定家は「すきたるところなき」歌人であった（後鳥羽院御口伝）。定家のような専門歌人にとっては、和歌は数寄を超克したものであったが、そこに至るには「数寄の時代」を通過せねばならなかったのである。

この時代が、同時に題詠盛行の機を作った時期である。天喜四年（一〇五六）四月三十日に行われた皇后宮（寛子）春秋歌合は、左を春題、右を秋題に分けたもので、歌人はその題を折りのものとして詠むことはできず、追体験と想像、あるいは古歌・先行歌の享受によって構想を立て詠歌せざるをえなくなる。そして半世紀を経て組題百首の初めとしての堀河百首の成立を見るのであった。

歌合・屏風歌の盛行、漢詩の影響など、題詠盛行の原因は幾つも挙げられるが、この、十一世紀後半から十二世紀にかけての、題詠時代の到来の原因は、なおきめ細かに考究すべき課題であろう。

題詠が和歌詠作の中心となって、折りの歌、場の歌であった王朝和歌は、必然的にその性格を薄めて行く（ただ、いうまでもないが、折りの歌・場の歌としての性格はこの後も決して失せて了ったわけではない）。それでは和歌の性格や詠作の方法はどう変ったのであろうか。以下二、三の項目を立てて考えてみたい。

3

「月」という語だけで秋を示すようになったのはいつからか。

この問題に関しては、早く穎原退蔵「俳諧の季についての史的考察」、井本農一「季語の文学性」という古典的な二論がある。それによると、「月」という語だけで秋を示すようになったのは金葉集からで、それ以前は詞書か歌の中に「秋」を示す語がある場合にのみ、月を秋に認めている。所が、詞花集でもう一度「秋の月」に戻って、千載集になると完全に「月」だけで秋になる、というのである。例えば、

白雲に羽うちかはし飛ぶ雁の数さへ見ゆる秋の夜の月　（古今集・一九一）

は「秋の夜の月」とあり、

さよ中と夜はふけぬらし雁がねの聞ゆる空に月わたる見ゆ　（古今集・一九二）

には「雁」という秋の景物が詠み込まれているのである。なお顕原論文は、

今宵こそ世にある人はゆかしけれいづこもかくや月を見るらむ　（後拾遺集・二六四）

という赤染衛門の歌が、秋を示す語がないのに秋部にあり、これは例外的な現象で、もと詞書等に秋を示す事実があったのか、と推測しているが、この歌は（詞書がないようにみえるが、実は）三首前の「八月十五夜によめる」という詞書を受けているので、例外ではない。

勅撰集に即していえば、おおよそ右の如くである。しかし勅撰集以外の歌書類を見ると、早くは和漢朗詠集が「十五夜」に次いで「月」を立て、歌合を見ると、上記天喜四年皇后宮春秋歌合で「月」とある題はいうまでもなく秋の月であり、この傾向は当時の歌集類をみても（嘉言集ほか）散見する。そして堀河百首は「月」が歌題となっており、

山のはを横ぎる雲のたえまより待ちいづる月のめづらしきかな　（公実）

以下、（十六首中）十二首が秋を示す語を用いていない。いうまでもなく堀河百首は後拾遺と金葉との間の催行であり、こういう累積が金葉集をして、ただ「月」とあれば秋のもの、ということに踏切らせたのであろう。申すまでもなく、日本の風土では、月は最も美しく輝くのは秋である、秋こそ月の美的本質が最も強く顕現されるのだ、という

意識に依るのである。

しかし歴史はそのままま っすぐ進まないで、金葉集の次の詞花集では、再び後拾遺以前に戻る。

撰者の顕輔という人物は仲々複雑な所があって、四十五歳の長承三年九月自邸で催した歌合の「月」題歌に、

よもすがら富士の高ねに雲消えて清見が関にすめる月影

という有名な歌を詠んでいる。これは秋を示す語が歌中にない。しかし十六年後の久安百首で、顕輔は三首の月歌を詠んでいるが、

秋風にただよふ雲のたえまよりもれ出づる月の影のさやけさ

など、すべて秋を示す語が入っている。ほぼ同じ時期に、甥の家成家で催された歌合には、「秋月」「九月尽」「恋」の三題が出されたが、わざわざ「秋月」としたのは顕輔の指示ではないかと思われ（この頃の他の歌合の題は殆ど「月」とのみある）、出詠歌にも大体秋を示す語が入っているが、ただ一首、七番右、遠明の歌、

すみわたる月を見てしか白河の関まで同じ影やしたると

に対して、顕輔は判詞で「（前略）秋といふ文字や侍らぬ」と記し、「すぐるてふおぼつかなさに比ぶれば秋ならざらむ月は本意なし」と判歌を詠じている。

詞花集は金葉集を受けて十巻仕立てであり、「地の歌は多くは誹諧歌の体に、ざれをかしくぞみえたるべき」（古来風体抄）、「きやう〱なるやうに候」（越部禅尼消息）と評されているが、それは一つの新しさであった。にも拘わらず、月歌に関しては伝統的であった。

秋の夜の月に心のあくがれて雲ゐにものを思ふ頃かな　（秋・一〇六、花山院）

の類が秋部に収められ、

田家月といふことをよませ給ける　　新院御製

月清み田中に立てるかりいほの影ばかりこそくもりなりけれ　(二九二)

は秋歌として詠まれたものであろうが、雑上に入っている。顕輔晩年の伝統回帰の理由は明らかでない。千載集は金葉集を受けて、ただ「月」とある歌を秋部に入れているが、その先蹤は私撰集の続詞花集・今撰集にある(後葉集は詞花集を襲っている)。続詞花集秋上の月の歌は、堀河百首上掲公実の歌(山のはに……)を初め、秋の語を含まぬ歌が多い。有名な顕広の、

石ばしる水の白玉数見えて清滝川にすめる月影　(一八五)

もここに含まれる(千載集二八三)。今撰集も同じ傾向なので煩を厭うて省略する。

ただ「月」といえば秋のものであるということは、勅撰集では千載集において定着したのである。千載集で定着したことの多くは続詞花集で試行または実現されたものが多い、と指摘はされているが、「月」の問題も全くそれと軌を一にしている。

4

十一世紀末から十二世紀にかけての和歌史上の問題として、後拾遺集から、「心を詠める」とする詞書が大きく目立つようになる、ということがある。これについては「「心を詠める」について」(立教大学日本文学35、'76・2)および「再び「心を詠める」について」(同39、'77・12)に記したことがあるので、いま要点だけを記すことにする。

詞書に「……の心を詠める」とあるのは、三代集ではそれぞれ数例にすぎない。所が、後拾遺集に至ると、一挙に

六十余首に上る（某本によって数えると七十余首。すなわち全体の五パーセント近く）。しかもそれは必ず、

春はひんがしより来たるといふ心を詠み侍りける　源師賢朝臣

東路はなこその関もあるものをいかでか春のこえて来つらん（三）

長楽寺にて故郷霞の心を詠み侍りける　大江正言

山高み都の春をみわたせばただ一むらの霞なりけり（三八。三九能因歌略す）

のように、「春はひんがしより来たる」というような文章題、「故郷霞」のような二つの素材の合した複雑な題に付せられているのである。

次の金葉集では少し変化して、例えば、巻頭歌、

堀河院の御時百首の歌めしける時、立春の心を詠み侍りける　修理大夫顕季

うちなびき春は来にけり山川の岩まの氷けふやとくらん（二度本による）

のように、「立春」という単純な題に「心を詠」むという詞書があり、

あかつき鶯を聞くといふことをよめる　源雅兼朝臣

うぐひすの木づたふさまもゆかしきにいま一声はあけはてでなけ（一五）

のような複雑な題（文章を為すもの、二つの材を合せたもの）には「ことを詠める」とあるのである（前者は約二十首、後者は約百二十首に及ぶ）。なお詞花集はほぼ金葉集の行き方を襲っている。

千載集に至って、「ことを詠める」はなくなり、単純な題も複雑な題もすべて「心を詠める」の形になり、三百首

に及ぶ。なお新古今集では再び「ことを詠める」が復活し、「心を詠める」と併存、新勅撰集では再び「心を詠める」に統一されたようである。(2)

この「心」を何と訳すか、さまざまに考えられるが、「趣旨」または「趣」あたりが妥当なようである。すなわち、……の（題）の趣旨、趣ある所を詠んだのだ、ということになろう。「ことをよめる」というのは、私は、「ことの心をよめる」の省略形で、事柄（いうなれば複雑な事態）の趣旨を詠んだ、と考えてよいと思う。

後拾遺集で急増し、千載集でピークに達したかと思われる「心を詠める」の表記は、題詠という方法の自覚的確立期、（次に述べる）本意の最終的形成期に当たっている、というのも偶然ではあるまい。上記の勅撰集の表記の揺れも、和歌が創作詩としての完成を目ざす過程における撰者たちの苦闘の跡とみてよいのではあるまいか。

冗言を弄したが、「月」が秋に定着するというようなことや、「こと」の心を詠むという詠作の手法が多くなったことは、十一世紀から十二世紀にかけての和歌史上のまぎれもない事象であるが、前者は、月の美的本質が秋にあることの決定であり、後者は、歌会や歌合や百首歌で景物（恋・雑の事柄を含む）の題を詠むに当たって、その最もそれらしきもの、本質的に美しきものを見きわめて詠むということであり、要するに、それらは「本意」の追究とそれによる詠作ということを示しているのに外ならない。

「本意」という語が、十二世紀の歌合判詞などに頻繁にみえるようになったのは、早くから指摘されている（古典的な論文に、岡崎義恵「日本詩歌における本意と本情」ほかがある。用例も多く掲げられている）。ごく簡単な一例だけを掲げれば、

永暦元年清輔歌合（通能判、重勅判）十九番歌

左勝　　　　　　　　　　　　　　　　　　　　大輔
うちはらふ枕のちりもかくれなく荒れたる宿をてらす月影
右　　　　　　　　　　　　　　　　　　　　頼輔
秋の夜の月みる袖におく露や昼にかはれるしるしなるらむ
　共に明るく本意ありて覚ゆれども……
秋の夜の月は明るく照らす所に本意があるというのである。
本意の問題については、上記岡崎論文や藤平春男『新古今とその前後』に詳細的確に記述されているので、ここではなぞることをしないが、俊成において自覚達成された本意の思想は、後に連歌において細かく一つ一つの事物（題）に規定され、方式化・固定化が行われて行く。但し連歌に到達するのはあくまでも和歌の流れを受けてである。
例えば「木枯し」は、中古・中世においては秋から冬にかけて吹く風であった。堀河百首の俊頼の歌に、
　木枯しの雲吹き払ふたかねよりさえても月のすみのぼるかな
と、月歌に添えて詠んでいるが、俊頼髄脳では「こがらしといへる風あり、冬の初めに木の葉を吹き散らす風なり」と、冬のものとしているが、その後の歌では秋歌・冬歌いずれにも詠み込まれ、八雲御抄は「こがらしは秋冬風、木枯也、但こがらしの秋のはつ風ともよめり、野宮歌合に、正通、冬初と難畢、閉口了」とある。勅撰集での木枯歌の最後は新後拾遺集に二首みえるが、冬部に入っている。室町中期成立の題林愚抄にはまだ題として掲出されていないが、同じ頃成立の連歌学書連珠合璧集には冬のものとしてみえ、家集では、室町初期の雅世集・為富集（実は持為集）に木枯しの題がみえるが、草根集・雪玉集などには、冬部に木枯し題の歌が多くみえ、この頃、冬のものとして定着し、冬の到来を告げる烈しい風の本意が明確化し、俳諧へと連なるのである。

すなわち中世を通じて、個々の題に細かく本意が形成されて行くのを見るのである。

人々は、和歌（あるいは連歌・俳諧）は、短い漢詩（例えば五言・七言絶句）に比べても、その情報量が格段に乏しいことを自覚していた。そこで、短い語（景物を表わす語などを含めて歌語）に、伝統的に形成されて来た美しいイメージを包み込ませて人々の共通認識とし（本意の形成）、そういう言葉を組み合せることによって、短い詩型でも、言外にさまざまな情感やイメージを読者に得させること（いわゆる豊かな余情を読者に感じさせること）に成功したのである。

5

俊成が六百番歌合「寄海恋」の「鯢とるかしこき海の底までも君だにすまば波路しのがん」（顕昭）という歌に対して、「鯢とる」というように「恐ろしく聞」える歌はよくない、「凡は歌は優艶ならんことをこそ可庶幾を、故令恐人事、為道為身無其要也」と評している。すなわち和歌は、「優艶ならんこと」を詠むものであった。優艶な境地を、本意（伝統的に形成された美的なもの）によって、洗練された歌語で詠むものなのであった。

かくして和歌は一首で独立した創作詩・文芸詩として完成するのである。風巻景次郎によれば、「中世の春」の到来は千載・新古今の時代である。それは場や状況に左右されない、「事により折によるといふ事な」き歌の完成であった。

しかし一方で、後鳥羽院御口伝にいうように、「事により折による」歌は中世においても沢山作られたのである。大内の花見の折、定家は、

　年を経てみゆきに馴るる花のかげふりぬる身をもあはれとや思ふ

と詠じたが、院は「左近次将として廿年に及びき、述懐の心もやさしく見えし上、ことがらも希代の勝事にてありき、尤も自讃すべき歌と見えき、先達どもも必ず歌の善悪にはよらず、事がらやさしく面白くもあるやうなる歌をば必ず自讃歌とす」と評し論じている。

院にとっては、歌の善悪はともかく、或る状況の中で、それにふさわしい情感を込めて人々に感銘を与える歌は、自讃歌としてよいものなのであった。それなのに定家は、この歌が評価されたことを「左近の桜の詠うけられぬ」と批判したのである。良経は、左近の桜を詠んだ日、大内から硯の箱の蓋に花を入れて贈られ、感激して、「誘はれぬ人のためとや残りけむあすより先の花の白雪」と返歌したが、「あながちに歌いみじきにてはなかりしかども」、新古今に入り、良経は感激して、新古今入集歌中「これ詮なり」と自讃した。「昔よりかく思ひならはしたれ」――歌というものはこういうものなので、たとえ秀歌でも「異様の振舞して詠みたる恋の歌など」は勅撰には入れないのだ、と記している。よい雰囲気（折り）の中で出来た歌を（それはある程度、場に支えられているが）、それなりに評価するのが伝統なのだ、という考え方である。

要するに、和歌を中心とする短詩型文学のあり方を端的に示した話である。場を無視しない院に対して、定家自身は、文芸詩として確立しているもの（晴の歌）のみを評価するのである。

繰返していえば、後鳥羽院の認めるような「折り」の歌（それは王朝和歌の系譜であるが）は常に詠まれていた。しかし中世和歌の本筋は、確かに実情詩であるよりは虚構詩（芸術詩としての歌）である。一首一首に美的小世界が形成されている歌を、理念としては「正風」としたのである。

因みに、私は中世和歌、あるいは古典和歌における叙景詩の到達点は京極派和歌とみたい。

雨の脚も横さまになる夕風に蓑吹かせ行く野辺の旅人　（玉葉集・一二〇二、為子）

花の上にしばしうつろふ夕づく日入るともなしに影消えにけり
（風雅集・一九九、永福門院）

などであるが、今は詳しくは触れない。なお京極派和歌も、本意を否定しているのではなく、ぎりぎりの線でそれに沿いながら、自分で向きあった景を、観念の中で再構成して表出しているのである。

6

新古今や京極派の和歌は、何物にも侵されない美の世界の構築を目ざしたもので、基盤に作者の厳しい主体があるのだが、一方、中世和歌の、本意を雅語で詠むという作り方には、本意と厳しく対決しようとせず、それを所与のものとして、受動的に受け容れて、詠み古された雅語を安易に用いて詠むと、同類同想の歌が量産されるという結果が生ずる。何といっても、景物の本意は、基本的には日本の普遍的な自然のあり方に根ざしており（だから現代でも生きている所がある）、何百年たっても、広汎な層の人々に支持されて来たのだから誰しもそれにすぐ無意識に寄りかかろうとする。これは和歌から派生した連歌（正風連歌）も、更にそこから展開した俳諧でも同じことである。

和歌がどういう風に安易に作られたか、を示す顕著な一文がある。既に市古夏生「類題集の出版と堂上和歌」（『近世堂上和歌論集』所載）が引いているのだが、「春寝覚」という史料編纂所蔵の一書である。この書は、和田英松蔵本の影写で、和田本は関東大震災で失われた由。『茶の湯　研究と資料』４（’71・６）に、矢野公美子翻刻・解題がある。作者は不明だが、寛永十五年三月、近時の京都とくに公家の風紀退廃と怠惰な風潮を嘆いたもので、おそらく公家の某が書いたものであろう。その一つとして人々が真面目に学ばず、和歌詠作も安易に流れていることを批判した部分がある。

もし御会あれば、その日をかぞへてうしやつらしとあをいきをつきて、兼日やうやくふるざうしの句どもかなたこなたとりあはせてもつづり出ぬべし、当座に成ては題をとるとひとしく御前をたちさりて、文筐の中よりれいの題林愚抄逍遙院の歌集とり出して、物さはがしく引見るままにおそはなりて、あんずべき間もなければ、えもしらぬ事どもいひちらして師匠にみせぬれば、とかく引なをして出すをうけとりてこそ色もなおりけれ

とある。貴顕の御会の場合、兼題なら、古い歌書をみて古歌の句を適当に取合せて一首に仕立てる、当座の場合は題を探り題を取るや否や御前を失礼して、題林愚抄や、（おそらく部類本の）実隆家集を取出して、あちこちの句を綴り合せるのだが、急いで見るものだから妙な仕立てになって了って、和歌の家の人に直して貰ったりするというのである。

古くは古今六帖、下って夫木抄をはじめとする厖大な類題集の役割が実に見事に表わされている。類題集ばかりでなく、大きな名家の部類家集もそれに準ぜられたのである。

因みにいうと、下って大和田建樹が明治三十四年に刊行した『歌まなび』なども同類で、歌題を本意に沿って解説し、その題に適した用語・材料を列記、さらに「五文字」「七文字」（例えば春曙題なら、「ほのぼのと」「明けわたる」……「しののめの空」「花にあけゆく」……）を沢山並べ、古来の名歌を挙げている。読者はそれらを眺めて一首を仕立てるわけで、架蔵本は大正十四年の二十九版だから、随分売れたのであろう。因みに、俳諧でも、晋永機の『俳諧自在』（明治三十二年）など同じ形式の書である。

きわめて大ざっぱな計算だが、『群書類従』（正続）、『私家集大成』（七巻八冊）、『新編国歌大観』（歌集十冊）の歌を合せると、四十数万首（五十万首近く）に上るが、重複も多いのでそれを考慮してやしぼって数えると、上代約四千八百首、中古（平安時代）約九万首、中世約三十二万首余、近世は『新編国歌大観』のみで約五万五千首である

（現在は、おそらく一月に十万首ぐらい活字になっているであろう）。中世には未刊のものもまだあるし、近世和歌に至っては活字になっているのが、九牛の一毛とまでは行かなくても、甚だ少ないといえる。

この数を多いとみるか少ないとみるかは見方に依ろうが、中世までの識字率の少なさを考えると、多いとみるべきではなかろうか。和歌・俳諧は量産の文芸といえるが、それは上に述べたような作り方が大きく原因していると思われる。

7

以上、私は、「月」はいつから秋になったか、ということと、「心を詠める」という詞書の増大との二つの事象によって、本意の形成の一面を考えて来た。それは、題詠創作の、そして中世和歌の展開に当たっての根本的な思想、そして手法ともいうべきものであったが、しかし本意は実は両刃の剱でもあったのではなかろうか。すなわち本意と格闘して詩美を深める場合と、安易に受けとめてひたすら類想・類型の作品を量産するケースとがあったのである。これは俳諧でも同じで、景物の本意の受動的な受け止めが、いわゆる季題趣味と呼ばれるものなのである。

日本の短詩型文学の流れを、和歌から連歌へ、連歌から俳諧連歌、そして俳諧への展開、俳諧から（前句付を含む）雑俳への分裂、そして川柳の出生という見取りがある。また和歌の一体である言い捨ての狂歌が近世になってジャンルとして独立する。こういう中から、現在、伝統詩として生命を保っているのは、短歌（和歌）、俳句、川柳であろうか。

現代川柳については不案内なので措くとして短歌は自然の風物を詠むことが多いが、個人の叙情なり思念なりを直接的に詠出することが可能であるのに対して、俳句は自然の風物そのものを、またそれに托して思いを表出するもの、というような、伝統詩のジャンルにおける相違点を述べることが一般にいわれているが、しかし伝統詩として同根のものであるから、共通性のものも多いであろう。それを少しばかり探って結論に代えたい。

その一。作品はそれ自体独立した文芸であるが、同時に或るまとまりとして一つの世界を形成している。

一例を新古今集・春上から挙げてみよう（詞書は省略する）。

難波潟霞まぬ波も霞みけりうつるも曇る朧月夜に　（五七、源具親）

今はとてたのむの雁もうちわびぬ朧月夜の曙の空　（五八、寂蓮法師）

聞く人ぞ涙は落つる帰る雁なきて行くなる曙の空　（五九、藤原俊成）

故郷に帰るかりがねさ夜ふけて雲ぢにまよふ声聞ゆなり　（六〇、詠人しらず）

忘るなよたのむの沢を立つ雁も稲葉の風の秋の夕暮　（六一、藤原良経）

帰る雁今はの心ありあけに月と花との名こそ惜しけれ　（六二、同）

霜まよふ空にしほれしかりがねの帰るつばさに春雨ぞ降る　（六三、藤原定家）

つくづくと春の眺めの寂しきはしのぶにつたふ軒の玉水　（六四、行慶）

歌集は、特に撰集や部類家集の歌は、決して無造作に配列してあるのではない。四季の歌は、微妙な時間的推移に従って配置されているのである。右の例でいえば、五七までは朧月の歌である。五八はそれ受けて朧月を材として、同時に帰雁をも詠み込んだ歌を置いて、次の帰雁歌に備える。帰雁の歌が続き六二で最高潮に達した所で、六三に帰雁の翼を春雨が濡らす歌を据えて、六四以下の春雨歌に繋げる、絶妙な措置である。撰集は、こうした微妙巧緻な仕組を味わいつつ読まねばならぬのである。

右の一連の一首一首は、独立して鑑賞してもすぐれたものが多い。同時にまとまりとしての、美的な世界を読者に享受せしめるように構成されているのである。春なら春の部は、立春・霞・鶯・梅……暮春（なお梅では咲き、盛り、散る配列になっている）というように春の推移の気分が満喫できるよう配慮されているのである。近現代の歌集・句集は編年体のものが多いから、その作家の成長（或は退歩）の過程はよく分るが、古典歌集（俳諧の集も同じ）のような微妙な味わいは乏しいであろう。

申すまでもないが、すぐれた集ほど、このような細心の注意で構成されているが、それが大きく一つの集全体の思想なり感情（美的世界）なりの主張を行っているのである。『万葉集』の特徴とか、『新古今集』また『猿蓑』『炭俵』、あるいは『赤光』『桐の花』の世界とかいわれる、集全体の個性がそこに存在するわけである。

その二。表現されたことのみによって作品が評価される、というのは当然かもしれないが、同時に、作家の境涯や、作品が生まれた時の状況（場・折り）が明らかにされることによって、とりわけ短詩型文学は作品の鑑賞や評価が一層深まるものである。

表現されたもののみが作品のすべてである、というのは後鳥羽院御口伝における、定家の歌に対する考え方「いささかも事により折によるといふことなし」ということと通ずる見方である。近代文学・芸術の理論にすこぶる暗い私であるが、この定家の行き方は欧米思潮の洗礼を無意識の内にも受けている者には、まずは常識と考えてよいのかもしれない。しかし後鳥羽院は、作られた歌の折りが知られて引立つ歌を、良経が自讃していたのを知って、「昔よりかくこそ思ひならはしたれ」と肯定している。和歌というのはそういうものなのである、と伝統を踏まえて断言する。

確かに、何の注釈も不要なすぐれた作品が存在することは言を俟たない。しかし作者の作風や制作状況に関する知識というのは、多くの作品を味わう場合、必ず享受者側に存しているのではなかろうか。

鳥羽殿へ五六騎急ぐ野分かな　　蕪村

という句は、いま現実の写生とは誰も思うまい。最低、蕪村という人が江戸中期の俳人であることを知って、歴史上の景として鑑賞するのではあるまいか。更に蕪村の句風を知れば、いよいよその味わいは深くなる。

是がまあつひの栖か雪五尺　　一茶

句だけでも作品に蔵せられている作者の気持は分るが、一茶の境涯を知ると、一層その詠嘆の深さが知られるであろう。

日常に湧き起る感動を表わした作品から、その作られた状況を知ってそれと一体化して、（小説などでは受けられない）深い感銘を与えられるというのが日本の伝統詩の一大特性ではあるまいか。

日本人にありしは二十年短歌詠むは五十年を越す死ぬまで詠まむ　　孤蓬万里

朝日新聞'95・3・6の「折々の歌」より。『台湾万葉集続編』より抜いた、という大岡信の解説だけで、ぐんと感銘の度合が深まる。

短歌や俳句のような伝統詩には、作者や状況と一体になって味わいを深める作品が多いということを認めないわけには行かないのではなかろうか。

その三。省略や余情がその特徴である。三十一文字や十七文字で表される情報量は、漢詩などに比べて圧倒的に微小である。本意の形成は勿論、体言止、本歌取、本説取、切字……等々の、いわゆる修辞技巧は飛躍と省略によって余情を豊かにするものであった。俊成の韻律論的余情主義といわれるもの、芭蕉の「いひおほせて何かある」、加藤楸邨の、俳句は「物言はぬ表現」「沈黙の表現」、という立言も、これと相渉る。

その四。既述のように大量生産の文芸である。大ざっぱに俳句人口は短歌人口の三倍あり、作品数もそれに比例するといわれている。同時代に作られた厖大な作品数を、現代のわれわれは勿論、古代においては人もすべて読むことが不可能であった。すべて「選」をされたもので読む以外にない。『万葉集』巻二十の防人歌の、各国の防人歌の末尾に、どこそこ国の役人が防人の歌を奉るのだが、「但拙劣之歌者不取載之」とある。万葉集時代から既に「選」は行われていたのである。撰集というものは撰者の文学観に適ったものの選歌である。また家集といえども選は行われている。

鶏頭の十四五本もありぬべし

という子規の句（明治三十三年九月作。『俳句稿』）を高浜虚子は佳句と認めなかったらしく、その編に成る『子規句集』には入れなかった。しかし長塚節や斎藤茂吉が高く評価し、昭和二十年代に、いわゆる鶏頭論争が起る程で、評価が分れた。『子規句集』を金科玉条視すれば、この句は大方の視野に入って来ないのである。

久方の光のどけき春の日にしづ心なく花の散るらむ

（古今集・春下・八二、紀友則）

は、今でこそ古今集の名歌として高く評価されているが、平安時代には無視されたといってよいほどであった。これを秀歌として、『定家八代抄』以下の秀歌撰に採り上げたのは藤原定家であった（島津忠夫『百人一首』）。定家は、後鳥羽院が「歌見知りたるけしき、ゆゆしげなりき」と評するように、ずばぬけた鑑識眼を持っていたのである。さまざまな批判はありながら、百人一首が数百年にわたって人々から愛好されているのも、定家という人の「虚名」の選だからではなく、やはり採り上げられた歌の質によっているのである。

柄井川柳という人は、その作として残るものは四句ほどであるという（鈴木勝忠『柄井川柳』）。そういう人が、ジャンルの名となり、文学史上に大きな位置を占めるのも、すべて「選」者としての卓抜性に基づいているのである。

注

（1）中世の和歌は二つの面を持っている。一つは五七五七七の形式で、実用性を主とした作品を大量に生産せしめた性格である。中世では、日常生活の中に生ずる滑稽さ（自嘲を含めて）を表出したもの、世相・政治を諷刺したもの、さまざまな道や芸能（蹴鞠・鷹・茶の湯・兵法・連歌式目……）についての心構えや実技の仕方、更には道徳を教えるために制作されたもの（道歌・教訓歌）などを、正風体の和歌（文芸的な歌、風雅な和歌）に対して「狂歌」と称した（なお詳しくは拙稿「和歌の実用性と文芸性」、勉誠社、和歌文学講座1所収、に記したのを参照下されば幸いである）。これらは近世に独立したジャンルである狂歌とは異るが、前段階のものとみてもよい。また上代の言霊思想に支えられた呪詞的な和歌も、中世においては実用的な和歌（狂歌）の一部とみてよいであろう。袋草紙上巻の終りに「希代歌」という部分があり、その末の方に「誦文の歌」が列記されている。例えば「胸の病の呪文の歌　むねの上の植木をすればかれにけりこひの雨ふれ植木はやさん」の類であるが、この辺の歌の和歌における意義なり地位なりを今後考える必要があろう。他の一つは、後述するように、文芸化・芸術化した（正風体）和歌で、ふつう文学史でいう中世和歌である。この和歌の文芸化のアンチテーゼとして上述の狂歌（広義）の盛行が見られたのである。因みにいうと、狭義の文芸性にとらわれず、五七五七七形式で詠まれたものはすべて和歌と考えて、その性格を考究する要がある。

（2）いま題の定義を行うことは避けるが、現在では松野陽一（『鳥帚』所収論文参照）のいう複合題と素題という語は大方の支持を受けているようなので、これに従いたい。新古今では初めの方では、素題に「心を詠める」、複合題に「ことを詠める」となっているようだが、次第に「心」と「こと」が併存、不統一になっている。複数撰者の故で、この辺まで統一しえなかったのか。新勅撰集は千載集と同じで、父俊成に倣ったのであろうか。

第二章　秀歌撰について

和歌の考察に当って、「秀歌撰」また「秀歌選」と記される言葉がある。和歌研究上、周知のことではあるが、一応その内容の概観や先行の研究文献などを省察する所から始めたい。『和歌文学大辞典』（昭和37、明治書院）、『和歌大辞典』（昭和61、同上）には立項されていないが、有吉保編『和歌文学辞典』（昭和57、桜楓社）には「秀歌選（撰）」が立項されている。

この言葉は何時頃から使われたのであろうか。若干の書を瞥見したのみであるが、一、二を掲げておこう。樋口芳麻呂編著『定家八代抄と研究（下）』（昭和32、未刊国文資料）の「研究」の中に、「八代集秀歌選」「秀歌選」という語がみえる。但しこれは、秀歌を選んでまとめたもの、ほどの意であろう。

昭和40年代に刊行された研究書を見ても、既に「秀歌撰（選）」の語は用いられ、50年代には、例えば『日本古典文学大辞典』（昭和58〜60、岩波書店）に「秀歌撰（選）」の立項はないが、『秀歌大体』の解説に「鎌倉時代の歌論書として編まれた秀歌選」、『和歌知顕抄』の解説にも「秀歌選」という語が用いられている。『和歌大辞典』でも『秀歌大体』『秀歌体大略』などの解説には「秀歌撰」とある。そして58年に樋口氏はそれまで30年間にわたって執筆した諸論をまとめて『平安・鎌倉時代秀歌撰の研究』（ひたく書房）を刊行、翌59年刊行の久曽神昇編『日本歌学大系　別巻6』には、凡例に「本書は秀歌撰集をまとめ、平安時代と鎌倉時代以降とに大別して類聚した」として、秀歌撰と見られる書「古六歌仙」以下七十二ケ度を収めている。更に平成6年には「和歌文学論集」の一冊として『百人一首と秀歌撰』（風間書房、14名による論考等を所収）が刊行されている。

以上、大まかな記述に過ぎないが、幾つかの専門辞典に立項されていないにも拘わらず、学界では漸次用語として用いられて来ており、昭和40年代から50年代には「秀歌撰」という語と概念は研究者の間で合意・承認され、定着しつつあったように思われる。なお私見であるが、上述の例を見ても、ジャンル名としては「秀歌撰」を用いるのが妥当かと思われる。

秀歌撰の定義は何であろうか。

『和歌文学辞典』には「秀歌選（撰）」として「秀歌を選び集めた書」で、『新撰和歌』を嚆矢として平安以降、勅撰集から選抜して編まれたものが多い、として、歌合形式、歌仙様式などの存在に言及している。

樋口『平安・鎌倉時代秀歌撰の研究』では、「秀歌撰とは秀歌を選出した書物の意である」として、詞華集（アンソロジーの意であろう）と呼んでよく、勅撰集・私撰集やいわゆる撰集も秀歌を選出した歌集だが、それらから更に秀歌を選抜した小規模なものをいうとして、純粋に選抜しようとしたものと、歌仙を念頭に置いてその秀歌を選ぼうとしたものとがある、と指摘する。更に具体的に、作品を掲げつつ分類を行っている。引用させていただく。

A、秀歌撰……『新撰和歌』『秋萩集』『継色紙集』『金玉集』『深窓秘抄』『和漢朗詠集』『定家八代抄』『秀歌大体』『八代集秀逸』

B、歌仙歌合……『前十五番歌合』『後十五番歌合』『三十人撰』『三十六人撰』『後六々撰』『治承三十六人歌合』

『三百六十番歌合』『新撰歌仙』（『新三十六人撰歌合』とも）『時代不同歌合』『新続歌仙』（『新三十六人撰』とも）
『三十六人大歌合』『女房三十六人歌合』『中古三十六人歌合』
C、歌仙秀歌撰……『玄々集』『中古六歌仙』（『薫風歌抄』とも）『自讃歌』『百人一首』（『百人秀歌』を含む）
D、準秀歌撰……『和歌九品』『道済十体』『忠峯十体』『古来風体抄』『五代簡要』『自筆本近代秀歌』『秀歌体大略』『定家十体』
E、準歌仙秀歌撰……『原形本近代秀歌』『歌仙落書』『続歌仙落書』
なお右のA・B……順に成立したと指摘する。

樋口氏の記述・指摘は誠に妥当なものと思われる。ただ一、二私見を付加しておきたい。
秀歌撰が撰ばれる目的は、作歌の手引（手本として例歌・証歌の掲出）、鑑賞のため、また歌論への道標（またその為の具体例掲出）などが考えられる。いちおう以上を念頭に置いて見ると、次のような分類も可能かもしれない。
・部類型（樋口氏のAはほぼこの形態。撰集型といってもよい。なお上掲『和漢朗詠集』は秀歌撰的な性格もあるが、ユニークな撰集とみてよくはあるまいか）
・歌仙型（歌人別。樋口氏のB、すなわち歌合型と、Cの歌仙秀歌撰型、Eの準歌仙秀歌撰型も含まれる）、
・歌論型（歌人が自己の歌論の道標《みちしるべ》として歌体に分けた型、また歌論書に具体例として和歌を掲出した型。樋口氏のAの一部およびDなど）
・百人一首型（中世以降多く成立。後に若干考察する）
なお、いうまでもないが、これら秀歌撰の撰者の多くは力量ある歌人（例えば公任・定家等）が、その歌論に基づいて成り立たせたもので、その歌論が反映しているのは明らかであろう。

和歌という詩型式を見ると、短詩型という面から、複数の作品が集合して、さまざまな（主として書物としての）まとまりを形成し易い。一、二例を挙げると、多くの複数の人の和歌作品を或る撰者が選び、分類し、一定の形式によって構成したものが勅撰集・私撰集・類題集である。個人の歌集は、一部の日次《ひなみ》詠草を別として、多くの個人詠の中から「選」（自選または他選）によって成立するが、これを私家集といっている。そのほか歌合・歌会歌・定数歌等々については煩を厭うて一々記さないが、それらを和歌の中の小ジャンルと考えておく。

かつて私は、中古和歌は九万首ほど、中世和歌は三十余万首ほどが活字化されているのではないか、と憶測したことがある（「量産の文芸」。『和歌　典籍　俳句』所収、’09、笠間書院）。それらは然るべき理由によって選ばれ活字化された結果の数と見られよう。おそらくは古来この何万倍以上の作品が生み出されたのであろう。

繰り返しになるが、この量産の和歌という文芸の中の、例えば撰集でも私家集でも、そういう一つの小ジャンルのすべての作品を、一人の人物が披見し、鑑賞することは困難、いや不可能であろう。従って専門歌人が、さまざまな事情に応じて歌集類から佳しと思われる歌を選抄してまとめて一つの歌集を作り、また多くの一般歌人たちには、そのような、いわば詞華集（アンソロジー）を、作歌の参考のため、また教養のため希求する強い念が存在していて、それらが秀歌撰を生み出す大きな原因の一つとなったのであろう。

右に述べたように、秀歌撰の多くは著名練達の歌人によって選ばれることが多く、従って歌論資料としても注意され、また掲げられている作品（例歌）によって、その成立した時代の人々の和歌好尚を知りうることにもなる。なお秀歌撰についての主要な研究は行われてはきたが、今後一層の研究の進展が望まれる。

第三章　秀歌撰としての百人一首

1

百人一首（以下、小倉百人一首をいう）は近代においてどう位置づけられたか。

『大日本歌書綜覧』では、「定数歌集の部」の内の「選百首」（「一人百首」「数人百首」に続く）の冒頭に位置づけられている。確かに定数歌であることは間違いない。『和歌文学大辞典』の「百人一首」（百人一首の総括的項目）では「撰集」とあり、「小倉百人一首」の項目では「歌集」とある。『和歌大辞典』の「小倉百人一首」では「鎌倉期秀歌撰」とある。『日本古典文学大辞典』でも「鎌倉時代の秀歌選」、久保田淳編『岩波日本古典文学辞典』も「秀歌選」とあり、近年ほぼ「秀歌撰（選）」という種別（分類、ジャンル）と考えられているようである。前項「秀歌撰について」に記した定義にも一致するとみてよいであろう。

定家の日記明月記の文暦二年（一二三五。九月一九日に改元があって嘉禎元年となる）五月二七日の条に、

予（定家。当時七四歳）本自不知書文字事。嵯峨中院障子色紙形、故予可書由彼入道（蓮生。宇都宮頼綱。為家の妻の父親で、当時六四歳）懇切。雖極見苦事愁染筆送之。古来人歌各一首。自天智天皇以来、及家隆・雅経。

とある。右には「百首」という記載はないが、これが百人一首に関する記事と考えられている。但し今その成立問題には触れないこととする。(1)

右によると、まず色紙形に貼る料として、定家は天智天皇以降、現代歌人に至る歌仙とその秀歌と目されるものを選び、順序を決めて、宇都宮入道に送ったのであろう。これが百人秀歌か百人一首かについては諸説あるが、いま前者と推測し、それは草稿で、最終的に百人一首として整備された、と考えておきたい。

2

定家は百人一首以前にも幾つかの秀歌撰を撰んでいる。定家八代抄(二四代集)、近代秀歌および詠歌大概に付された秀歌例、秀歌大体などがそれである。百人一首は、後鳥羽院の時代不同歌合の影響も受けていることは確かだが、定家自身も秀歌撰を大事なものと考えていた(定家は作歌法や歌論を記した後に必ず秀歌撰とも見られる秀歌例を付している)。百人一首を撰んだ行為は決して唐突に為されたものではない。

百人一首の歌は、その多くを定家八代抄から選んでいるから、当然その原文——作者や、詞書による創作事情など——を知悉して選んだのであろう。専門家人としてそれは当然で、和歌と作者や詞書とは一体化して脳中に込められていたと思われる。

しかし読者は、詞書に記された作歌の状況を知らなければ解釈鑑賞しえぬ歌もあったであろう。以下そういう歌(要するに勅撰集で長文の詞書を有する歌)を、(論旨を説明し易くするために煩を厭わず)私見によって掲げてみたい。ただし、作歌事情があまり複雑でなく、詞書の比較的単純なものなど、紙幅の増大を慮って詞書を省略した(算用数字の番号は百人一首の番号である）。

もろこしにて月をみてよみける　　安倍仲麿

7 天の原ふりさけみれば春日なる三笠の山に出でし月かも　（古今集・巻九・羇旅・四〇六）

（長文の左注略。唐で学問していたが、ようやく遣唐使と共に帰国することになり、明州での別れの宴の折、月が昇って来たのを見て詠んだと語り伝えた、とある）

10 これやこの行くも帰るも別れては知るも知らぬもあふ坂の関　蟬丸　（後撰集・巻十五・雑一・一〇八九）

隠岐国に流されける時に、船に乗りて出で立つとて都なる人のもとに遣しける

小野篁朝臣

11 わたの原八十島かけて漕ぎ出でぬと人には告げよ海人の釣舟　（古今集・巻九・羇旅・四〇七）

12 天つ風雲の通ひ路吹きとぢよ乙女の姿しばしとどめむ　良岑宗貞　（古今集・巻十七・雑上・八七二）

17 ちはやぶる神代も聞かず竜田川からくれなゐに水くくるとは　業平朝臣　（古今集・巻五・秋下・二九四）

20 わびぬれば今はたおなじ難波なるみをつくしても逢はむとぞ思ふ　元良親王　（後撰集・巻十三・恋五・九六〇）

24 このたびは幣も取りあへず手向山紅葉の錦神のまにまに　菅原朝臣　（古今集・巻九・羇旅・四二〇）

亭子の院の大井川に御幸ありて、行幸もありぬべき所なりと仰せ給ふに、ことの由奏せむと申して

小一条太政大臣（貞信公）

26 小倉山峰のもみぢ葉心あらば今ひとたびのみゆき待たなむ　（拾遺集・巻十七・雑秋・一一二八）

初瀬に詣づるごとに宿りける人の家に久しくやどらで、程へて後に至れりければ、かの家のあるじ、かく定かになむやどりはある、といひ出して侍りければ、そこにたてりける梅の花を折りてよめる

35 人はいさ心もしらずふるさとは花ぞ昔の香ににほひける　貫之　（古今集・巻一・春上・四二）

物いひ侍りける女の、後につれなく侍りて更にあはず侍りければ　一条摂政

45 あはれともいふべき人は思ほえで身のいたづらになりぬべきかな　（拾遺集・巻十五・恋五・九五〇）

47 八重葎茂れる宿の寂しきに人こそ見えね秋は来にけり　恵慶法師　（拾遺集・巻三・秋・一四〇）

入道摂政まかりたりけるに、門を遅くあけければ、立ちわづらひぬといひ入れて侍りければ　右大将道綱母

53 嘆きつつひとりぬる夜のあくる間はいかに久しきものとかはしる　（拾遺集・巻十四・恋四・九一二）

55 滝の音は絶えて久しくなりぬれど名こそ流れてなほ聞こえけれ　右衛門督公任　（拾遺集・巻八・雑上・四四九）

心地例ならず侍りけるころ、人のもとにつかはしける　和泉式部

56 あらざらむこの世のほかの思ひ出に今ひとたびの逢ふこともがな　（後拾遺集・巻十三・恋三・七六三）

早くよりわらはともだちに侍りける人の、年頃へて行きあひたる、ほのかにて、七月十日のころ、月にきほひて帰り侍りければ　紫式部

57 めぐりあひて見しやそれとも分かぬ間に雲隠れにし夜半の月かな（影）　（新古今集・巻十六・雑上・一四九九）

かれがれなる男の、おぼつかなく、などいひたるによめる　大弐三位

58有馬山猪名の笹原風吹けばいでそよ人を忘れやはする　（後拾遺集・巻十二・恋二・七〇九）
中の関白、少将に侍りける時、はらからなる人に物いひ侍りけり、たのめて来ざりけるつとめて、女にかはりてよめる
赤染衛門

59やすらはで寝なましものを小夜ふけてかたぶくまでの月を見しかな　（後拾遺集・巻十二・恋二・六八〇）
和泉式部、保昌に具して丹後国に侍りける頃、都に歌合のありけるに、小式部内侍歌よみにとられて侍りけるを、中納言定頼、局のかたに詣で来て、歌はいかがせさせ給ふ、丹後へ人は遣はしてけんや、使詣で来ずや、いかに心もとなく思すらむ、などたはぶれて立ちけるをひきとどめてよめる
小式部内侍

60大江山いく野の道の遠ければまだふみもみず天の橋立　（金葉集・巻九・雑上・五五〇。再奏本による）
一条院の御時、奈良の八重桜を人の奉りけるを、そのをり御前に侍りければ、その花を題にて歌よめ、と仰せごとありければ
伊勢大輔

61古の奈良の都の八重桜今日九重に匂ひぬるかな　（詞花集・巻一・春・二九）
大納言行成、物語などし侍りけるに、内の御物忌にこもればとて、いそぎ帰りて、つとめて、鳥の声にもよほされて、といひおこせて侍りければ、夜深かりける鳥の声は函谷関のことにや、といひつかはしたりけるを、これは逢坂の関に侍り、とあればよみ侍りける
清少納言

62 夜をこめて鳥の空音ははかるともよに逢坂の関はゆるさじ　（後拾遺集・巻十六・雑上・九三九）

伊勢の斎宮わたりよりまかり上りて侍りける人に、忍びて通ひけることを、おほやけもきこしめして、守りめなどつけさせ給ひて、忍びにも通はずなりにければよみ侍りける

左京大夫道雅

63 今はただ思ひ絶えなんとばかりを人づてならでいふよしもがな　（後拾遺集・巻十三・恋三・七五〇）

大僧正行尊

66 もろともにあはれと思へ山桜花よりほかに知る人もなし　（金葉集・巻九・雑上・五一二）

二月ばかり月あかき夜、二条院にて人々あまたゐあかして、物語などし侍りけるに、内侍周防よりふして、枕もがな、としのびやかにいふを聞きて、大納言忠家、これを枕に、とて、かひなをみすの下よりさし入れて侍りければよみ侍りける

周防内侍

67 春の夜の夢ばかりなる手枕にかひなく立たむ名こそ惜しけれ　（千載集・巻十六・雑上・九六四）

例ならずおはしまして、位など去らむと思しめしける頃、月の明かりけるを御覧じて

三条院御製

68 心にもあらでうき世にながらへば恋しかるべき夜半の月かな　（後拾遺集・巻十五・雑一・八六〇）

僧都光覚、維摩会の講師の請を申しけるを、たびたび漏れにければ、法性寺入道前太政大臣に恨み申しけるを、しめぢか原と侍りけれども、又その年も漏れにければ遣はしける

藤原基俊

75契りおきしさせもが露を命にてあはれ今年の秋もいぬめり　（千載集・巻十六・雑上・一〇二六）

以上、和歌単独では、強引に解しようと思えば出来なくはないが、詞書と一体化してはじめて納得しうる解釈・鑑賞が可能になる、といってよいのではなかろうか。なおこれに準ずるものとして、作者と相俟って味わいが深められる歌がある。

95おほけなく憂き世の民におほふかなわが立つ杣にすみ染の袖　（慈円）

99人もをし人も恨めしあぢきなく世を思ふゆゑにもの思ふ身は　（後鳥羽院）

100ももしきや古き軒端のしのぶにもなほ余りある昔なりけり　（順徳院）

以上いずれも詞書は「題知らず」。例えば95は天台座主を約束させられている慈円の歌であり、99・100は帝王の感慨であり、常人が詠むには全くふさわしくないし、解釈と鑑賞は何とか可能だが、本当に味わい深い鑑賞は、難しい面もある作ではあろう。周知のことだが、作品と作者とが一体化して成立するもののあることが和歌・俳諧の顕著な一性格である。

なお上掲歌の内から一首を引いて、上に記したことなどについての補足をしておきたい。

古の奈良の都の八重桜今日九重ににほひぬるかな　伊勢大輔

伊勢大輔集によると、奈良から京の宮中に八重桜が献上された時、今年の受け取り役は新参の女房であるとして紫式部がその役を大輔に譲ったのを、入道道長が、ただではいけない、歌を詠め、と仰せられたので、即座に詠んだ歌であった。「古」と「今日」、「八重」と「九重」とを対比させ、京の宮廷（九重）の繁栄を讃美した歌となっている。挨拶の歌を求められて、辞退などせず、間髪を入れず巧みな、見事な歌を詠む（並み居る人々の称讃のどよめき、場の雰囲気の盛り上がる様子が浮んでくる）。こういう歌が、いわゆる王朝和歌の典型といえるであろう。

橋本不美男『王朝和歌史の研究』（昭47・笠間書院）によると、十世紀後半から十一世紀前半にかけて、宮廷生活における和歌は、その場の心を得て折に合うことが第一条件であり、和歌は、雅びな宮廷や貴族のサロンへの奉仕であり、また総合美を目指す「折」の一環であった、という。このような性格を持つのが王朝和歌であった。そして十二世紀以後になると、和歌は次第に創作詩・芸術詩化して、いわゆる中世和歌へと変化するのである。勿論十一世紀（平安中期）以前にも、一首で完結して美的世界を形成する創作詩はあったし、一方、十二世紀以降も、王朝和歌的な折の歌も多く詠まれたが、大づかみに趨勢をいえば、歴史的な変化のあったことは確かである。

上掲の、長文の詞書を持つ歌は、貴族生活のある出来事に即して詠まれた、いわば王朝和歌であるが、（75を例外として）ほぼ68の辺までにちりばめられている。とりわけ56～62の、平安文学を栄えあらしめた女性文学者の作に、そういう和歌が集中していることは興味深い。53（道綱母）、67（周防内侍）もそこに加えてよいであろう。

以上見たように、いわゆる王朝和歌と見られる歌は、ほぼ68までで、あとの和歌はまた違う性質を持っているようだが、それについては後述し、私見では、百人一首の前半は68ぐらいまで、そのあとが後半と見られる。

その百人一首の前半、時代的には平安中期までといってよいが、前半の特徴を一言しておこう。

平安前期においても歌合は頻りに行われたので、歌合歌（天暦歌合以下、題詠歌が中心）も相当に詠まれている。

40忍ぶれど色に出にけりわが恋はものや思ふと人の問ふまで　（平兼盛）

41恋すてふわが名はまだき立ちにけり人知れずこそ思ひそめしか　（壬生忠見）

など、勅撰集の詞書によると八首、

48風をいたみ岩打つ波のおのれのみくだけてものを思ふころかな　（源重之）

が百首歌の内である。これらの多くは一首で完結しつつも、王朝宮廷の歌合や東宮詠進の百首の歌の中から創出されたものである。

なお詞書によると、上記の歌（68まで）の外に、詞書は短いが、状況の中から生れた、「王朝和歌」と見られるものは多い。例えば、

事いできてのちに京極の御息所につかはしける

元良親王

20わびぬれば今はた同じ難波なるみをつくしても逢はむとぞ思ふ　（後拾遺集・九六〇）

の類で、

13つくばねの峰より落つるみなの川恋ぞ積もりて淵となりぬる　（陽成院）
14みちのくのしのぶもぢずりたれゆゑに乱れそめにしわれならなくに　（河原左大臣）
15君がため春の野に出でて若菜摘むわが衣手に雪は降りつつ　（光孝天皇）
24このたびは幣も取りあへず手向山紅葉の錦神のまにまに　（菅家）
25名にしおはば逢坂山のさねかづら人に知られでくるよしもがな　（三条右大臣）
26小倉山峰のもみじ葉心あらばいまひとたびのみゆき待たなむ　（貞信公）
31朝ぼらけ有明の月と見るまでに吉野の里に降れる白雪　（坂上是則）
32山川に風のかけたるしがらみは流れもあへぬ紅葉なりけり　（春道列樹）
36夏の夜はまだ宵ながら明けぬるを雲のいづこに月宿るらむ　（深養父）
39浅茅生の小野の篠原しのぶれどあまりてなどか人の恋しき　（参議等）
45あはれともいふべき人は思ほえで身のいたづらになりぬべきかな　（謙徳公）

50君がため惜しからざりし命さへ長くもがなと思ひけるかな　（藤原義孝）
51かくとだにえやは伊吹のさしも草さしも知らじな燃ゆる思ひを　（藤原実方朝臣）
52明けぬれば暮るるものとは知りながらなほ恨めしき朝ぼらけかな　（藤原道信朝臣）
54忘れじのゆく末まではかたければけふを限りの命ともがな　（儀同三司母）

などがそれである。そして、例えば

題しらず

16立ち別れいなばの山の峰に生ふるまつとし聞かばいま帰りこむ　（中納言行平）

題知らずとはあるが、他人（第三者）に向かっての詠（対詠）であることは推測されよう。この類はかなり多いと見られ、おそらく前半（68まで）の歌の過半数が、すなわち前半部の中心は王朝和歌とみることが出来るであろう。因みに付記すれば、前半部には、平安朝の雅びな生活の中から見た四季の景物の美しさを詠んだ歌を見逃しえない。この四季の景物や恋の歌の中に、

23月見ればちぢにものこそ悲しけれわが身ひとつの秋にはあらねど　（大江千里）
28山里は冬ぞ寂しさまさりける人目も草もかれぬと思へば　（源宗于）
30有明のつれなく見えし別れより暁ばかり憂きものはなし　（壬生忠岑）
36夏の夜はまだ宵ながら明けぬるを雲のいづこに月宿るらむ　（清原深養父）

等々のように、「本意」（あるものの美的な本質）を詠ったものが目立つ。これらは後代に大きな影響を与えた歌で、いわば古典的な歌のモデルといえるものであろう。定家が意図したか否かは不明だが、和歌史的に見てこれらの歌が前部（68以前）にあるのは自然といえよう。

69以降の歌は、上掲の75の基俊歌を例外として、[2]詞書に状況説明がなくとも一首で独立完結している。中に、95慈円歌（おほけなく）、99後鳥羽院歌（人もをし）、100順徳院歌（ももしきや）のように、作者を知ることによって味わいの深くなる歌はあるが、いちおうこれらを含めて、創作状況を別に知らなくても理解し鑑賞し得る歌といってよい。すなわち69以後はすべてといってよいほど一首で完結した歌（中世和歌）といい得る歌であろう。勅撰集の詞書を見ると、それらは歌会・歌合・定数歌などによる題詠歌か、「題しらず」の歌である。若干例を掲げておこう。

崇徳院に百首（久安百首）の歌たてまつりけるに　左京大夫顕輔
79秋風にたなびく雲のたえまよりもれ出づる月の影のさやけさ　（新古今集・巻四・秋上・四一三）

暁聞郭公といへる心をよみ侍りける　後徳大寺左大臣
81時鳥鳴きつるかたをながむればただ有明の月ぞ残れる　（千載集・巻三・夏・一六一）

述懐の歌よみ侍りける時、鹿の歌とて　皇太后宮大夫俊成
83世の中よ道こそなけれ思ひいる山の奥にも鹿ぞ鳴くなる　（千載集・巻十七・雑中・一一五一）

題しらず　前大僧正慈円
95おほけなくうき世の民におほふかなわがたつ杣に墨染の袖　（千載集・巻十七・雑中・一一三七）

建保六年内裏の歌合、恋の歌　権中納言定家
97来ぬ人をまつほの浦の夕なぎにやくや藻塩の身もこがれつつ　（新勅撰集・巻十三・恋三・八四九）

周知のことではあるが、百人一首の特色の一つに、歴史的配列ということがある。これは百人秀歌も同様である

が、ただ若干配列上の違いが存し、百人一首の方が整備されているという指摘があって、「百人一首の歌の排列はやはり定家によってなされたとみておきたい。」（樋口芳麻呂編『百人一首　宮内庁書陵部　尭孝筆』解題。昭46・笠間書院）。
因みに、この配列に基づいて近代に番号が付されたのであろう。

4

定家の和歌については『後鳥羽院御口伝』の有名な発言がある。

（前略）惣じて彼《（定家）》の卿が哥存知の趣、いささかも事により折によるといふ事なし、ぬしにすきたる所なきにより て、我が哥なれども、自讃哥にあらざるをよしなどいへば、腹立のけしきあり、先年に、大内の花の盛り、昔の春の面影思ひ出でられて、忍びてかの木の下にて男共の哥つかうまつりしに、定家左近中将にて詠じていはく、

　としを経てみゆきになるる花のかげふりぬる身をもあはれとや思ふ

左近次将として廿年に及びき、述懐の心もやさしく見えし上、ことがらも希代の勝事にてありき、尤も自讃すべき哥と見えき（中略。良経も同日詠じた歌を自讃したが、定家は）左近の桜の詠うけられぬ由、たびたび哥の評定の座にても申しき、（下略）

定家は状況と関わらせて詠じた歌は自讃せず、たまたまそうして出来た歌を人が褒めると立腹したというのである。

管見に及んだ所では、定家は「中将《（為家）》教訓愚歌　よにふればかつは名のため家の風吹つたへてよ和歌の浦波」などの教訓歌や、日常生活の中での歌を詠じ、それらを和歌として認めていることは確かなようである。しかし一方上記の

ように「事により折によるといふ事なし」、すなわち専門歌人としての晴の歌、文芸としての歌、表歌《おもてうた》としては、状況によらない歌を磨き上げることを基本としていたのである。

もとより定家は上に述べたように、日常生活における褻《け》の歌を作ったが、それらを公的な歌とは認めなかったのである。一方、後鳥羽院は、君主として、当然の事として伝統を尊重し、「事により折による」歌、すなわち王朝和歌の範疇に入る歌を、正統な和歌として認めていたのである。両者のこのたてまえの違いは大きい（現代でも似たような問題は起るであろう）。

それでは百人一首における選歌と、定家の歌観とはどういう関係にあるのだろうか。

定家自身は「事により折によ」らない歌を表歌としていたが、上に見たように、百人一首には「事により折による」歌、所謂「王朝和歌」と見られるものをかなり多く選入している。一方、一首で完結した、いわゆる文芸としての歌（中世和歌）も勿論多く選んでいる。自身の「来ぬ人を」の歌（上掲）などその典型であろう。

周知のことであるが、百人一首についてはさまざまな特徴が掲げられている。すなわち比較的素直な自然詠、率直な心情表現、それと対蹠的な創作性の濃い仮構歌、物語的世界を暗示する歌、状況の中から生み出された歌、場の雰囲気に、すなわち折に合った歌など、実に多様な特色を持っている。定家という人は、歌論書の近代秀歌・詠歌大概などを見ても、論のあとに多くの先人の秀歌を付している。抽象的・観念的な論に終止せず、必ず具体的な例歌を掲げているのである。少し誤解を招き易い言い方かもしれないが、定家には教育者的というか、啓蒙家・啓発家型の面があった。それが百人一首の特徴を形成せしめているのであろう。

百人一首（百人秀歌）撰定の契機が、宇都宮氏の別荘の色紙依頼ということを一応踏まえて推測すると、まず定家は、限られた空間的枠組みの選歌の中で和歌の流れ（和歌史）を尊重し、そこからすぐれた歌人（歌仙）と、その人々の秀歌各一首とを選び、和歌史の流れに沿って配列することを意図したのであろう（まず秀歌を選んだ場合もあったらしいが、その時も歌人を意識していたようだ）。

その秀歌をなぜ「百首」という器（形式）に盛ったのであろうか。この点は従来からも議論が行われている。一つは時代不同歌合（百人の歌人の歌各三首）からの、また平安中期からの百首歌盛行の影響があると思われるが、更に定家は、直接成立の契機となった百首の色紙和歌において、それが秀歌撰であるという意識を持っていたと推測されるから、上述のような「教育者」的立場によって、「百首」が読み易く記憶しやすいという点からの配慮があったか、と思われる。

王朝和歌は中世和歌の母胎ともいえるが、その中で秀歌が多く生れたのはいうまでもない。定家が百人一首の撰定に当たって、和歌史の早い時代の秀歌を選ぼうとすれば、王朝和歌が多くなるのは当然である。とりわけその最盛期は、女性を中心とする平安中期であり、そこに一つの重点が置かれるのも当然である。そののち和歌の流れが中世和歌へと変化して行く、必然的にその流れから秀歌が生まれ、それを選抜した。すなわち定家は、「事により折による」立場は自らの表歌《おもてうた》の創作に当たっては決して採らなかったが、秀歌撰では和歌史の伝統を尊重しているから「事により折による」秀歌もきちんととりあげている。そしてその後の中世和歌からも秀歌を選抜し、百人一首を成立せしめたのである。

かく見ると、百人一首は和歌史の流れ（王朝和歌から中世和歌への流れ）を見事に示しているといえるのではあるまいか。従ってそこで選ばれた秀歌は、定家の認めた和歌の幅というものをあらわしている、ということができよう。

定家は生涯に幾つか撰んだ秀歌撰の「仕上げ」の意識で、――形式としても百人の一首を選ぶという新機軸を打ち出して――秀歌撰としての百人一首を「創造」したということになるのではなかろうか。

以上、百人一首の配列の特徴について、要点は近時の和歌史研究の動向に沿って、その配列が、王朝和歌から中世和歌へ、という流れに則していることを推測してみたものである。

注

（1）百人一首（以下、小倉百人一首をさす）の成立問題についての研究は汗牛充棟ともいえるほど多く、多岐にわたるので、今回は立入らない。『百人一首研究集成』（大坪利絹・上條彰次・島津忠夫・吉海直人編。'03、和泉書院）所収の諸論、とりわけ樋口論文を参照することが多かった。なお煩を厭うて集名には『　』を省かせていただく。

（2）基俊の伝統的立場を尊重して、定家はこの歌を選歌したのであろうか。

第四章　法印公順と『拾藻鈔』
――併せて鎌倉末期歌壇の側面について――

『拾藻鈔』について

公順は鎌倉末期に二条家系の歌人（歌僧）として活動の見られる人物である。その家集『拾藻鈔』（法印公順家集）は当時の二条家系歌人の歌風や歌壇状況を知り得る好資料である。久しく一部分の欠けた存在であったが、冷泉家時雨亭文庫から完本が出現、同叢書の『中世私家集十二』（'08・6・朝日新聞社）に収められた。その解題執筆を担当したことを契機として、調査した公順の伝を、家集と関わらせつつ記述したい。

公順の事蹟は、管見に入った限りでは、その大部分が家集『拾藻鈔』によって知られるので、まずこの集の概略から述べる。

この集は書陵部本・東山御文庫本によって、昭和三十四年『桂宮本叢書』（第八巻）に収められ、初めて公開された。集の末尾に、部立と歌数が記され、奥書（後掲）に、建武元年十二月夢想によって和歌所に進上すべく自撰した、とある。但し叢書所収本は、書陵部（五〇一・二八三）本が春上（末尾欠）、巻三以後巻十までが東山御文庫本（共に江戸初期写、同筆本）を底本として翻刻されたもので（解題執筆橋本不美男）。そののち『私家集大成　5』（中世Ⅲ、解題執筆三輪正胤）、『新編国歌大観　七』（私家集編Ⅲ、解題執筆錦仁）に収められた。書陵部本・東山御文庫本は元来合して一部であったものが「中途何かの事情により分離脱落したものであらう」と考えられている（上記叢書解題）。――上記の叢書所収本は他人の歌を含めて五百三首、末尾に奥書と一首を添える。なお『大成』『大観』には両本を通した歌番号が付されている。

この両本の親本と思われる完本が、上述の如く時雨亭文庫から発見、公刊された。五百八十四首を収める。内、他人の歌四十一首。末尾に東山御文庫本と同じ奥書と一首がある。この新出本によって上記の本の欠けた部分というのは時雨亭本綴葉装九括の内、第二括が失われた部分であることが明らかになった。

憶測すると、江戸初期（外題は霊元院筆とされるからその頃）、宮廷が冷泉家から借用した折、糸が外れてばらばらになっていたため第二括が落ち、その状態から東山御文庫本・書陵部本が写され、返却後、冷泉家に存した伝本の第二括を合せて綴じ直した、などということがあったのではなかろうか。

なお本章における和歌の所在は、活字本『大成』『大観』の番号を漢数字によって記すこととする。時雨亭本（完本）は、原則として写本（時雨亭叢書所収本）の丁数と歌の初句と『大成』CD・ROM版の歌番号によって示した。CD・ROM版は算用数字により、（　）に入れて掲げた。なお（53）番以後は活字本の番号に81を加えるとCD・ROM（完本）の番号となる。

時雨亭文庫本は列帖装一冊本。重文。詳しい書誌は、『中世私家集十一』を参照されたい。

本文は奥書により公順の建武元年書写と見る立場もあるが、少し後の南北朝前期の転写本とも思われ、貴重な古写本であることは確かである。注意すべき点を一、二掲げる。

歌頭に記号による合点の付された歌がある。本文の奥に、

符　宗匠　　佩　戸部中納言　　　左　御子左
　比外合点不及注付之

とあって、「符」は為世、「佩」は民部卿権中納言為藤、「左」は御子左家の為定（為道とする説は非）であることが知られる。「佩」は「爪」の草体ではないか、と考えられている（藤本孝一氏の教示による）。

ここで奥書を掲げておこう。

建武元年十二月十五日暁夢云、公順参万里小路亭、宗匠并戸部納言出合公卿座対面、公順申云、書愚草欲進置和歌所、面々御点可注御子左等於詠歌歟、宗宗匠、戸戸部、左御子左　如比可□（令カ）注付之由令申之処、納言答云、宗匠点可注符字、為藤点可書佩字、左字無相違云々、仍任夢告所注付之也
　　　　　　　　　　　　　　　　　　　　法印公順記之

大略を記すと、建武元年（一三三四）十二月十五日の暁夢に、公順が万里小路亭に参上し、為世・故為藤と対面、公順は「愚草を書いて和歌所に進置しようと思いますが、面々の御点のお名前等を歌に記しつけてよいでしょうか」と申しますと、為藤が、「符」「佩」「左」と書くように、と答えたので、夢の告に任せて注符した、というのである。奥書に続く一首、「もくづをもおなじいりえにかきそへてあはれをかけよわかのうらなみ」は、拙ない集を和歌所に進置する思いを表したもので、これが公順の付した「拾藻鈔」という題名の意図であろう。本文初めの内題が原題で、作者名を明らかにするため、一丁目裏中央下辺の「法印公順家集」（時雨亭本本文同筆）は原本にあったものか、書写者の付したものか不明だが（前表紙の「法印公順家集」は江戸初期の冷泉為満筆）、公順の意図は上述の如くであろう。

『拾藻鈔』中の歌の詞書を見ると、その古い年は「永仁二年（一二九四）」（九七番歌）、新しいのは元弘二年（一三三二）（正慶元年）に後醍

醐隠岐配流の折に供した世尊寺行房との贈答歌（三六一、二）及び「元弘のころ」の詠（四五四）で、ほぼ四十年にわたる詠が詠草として手許にあったと思われる。

おそらく公順は、この約四十年全期間を通して、為世に、そして元亨四年（正中元年。一三二四）没するまで為藤に、またその頃から為定に詠歌を送って合点を受けたのであろう。多くは詠草の形で手許にあったと思われる。なおこの三者以外にも合点を請い、また折々に詠じた詠草類も多く存したのであろう。

奥書に「書愚草欲進置和歌所」とある「愚草」というのは、右に記した詠草のままではなく、おそらくそれらに基づいて部類し、整備した形のもので、最終的に点者名を如何すべきかを為藤に夢中で問い、夢告を得て「符」「爪」「左」で記入し、和歌所に進置したのであろう（「付記Ⅰ」参照）。

以下、拾藻鈔を中心にその内容と公順の事蹟を記す。

公順の生涯

公順は尊卑分脈（以下「分脈」と略す）によると、魚名流藤原秀郷の子孫、有名な歌人秀能（如願）の曽孫に当たる。すなわち秀能の男秀茂、その子禅観が公順の父。秀茂も歌人で、続古今集以下の作者である。一族の男子は五位を先途とする武官系の下級貴族で、女性は女院あるいは権門の女房が多い。

父の禅観は「九条金頂寺別当　蓮寂上人弟子」、兄の実尊は「山　三位阿闍梨　公益卿猶子」、公順は「已講　律師　歌人　公益卿猶子」、弟長順は「阿闍梨　舎兄公順弟子」、末弟と思われる秀顕は俗人で、「河内守　式部大夫　左兵衛尉　左衛門尉秀長為子（従兄に当る）　母後西園寺内大臣侍□□（「女」脱カ）」と分脈にあるが、公順を別として委細未調である。

なお実尊・公順を猶子とした公益は、公季流三条家の分家滋野井実国男八条公清の曽孫で、正三位に至ったが、永仁四年四月出家（没年不明）。その猶子となった理由は不明。

さて、公順の生年であるが、それを推測するのに二つの方法がある。

一はその事蹟からの推測である。

家集（鈔）によると、年次明らかな最も早い記事は「或所十首歌合、夕立永仁二三月」（九七）である。この永仁二年（一二九四）三月以後は適宜和歌事蹟が続く。次に、嘉元元年（一三〇三）十二月に成立した新後撰集に隠名で二首入集（家集一四七・四一三＝新後撰三二一・一四八一。なお上記四一三は時雨亭本・東山御文庫本共に小字書入の形で、この形の意味する所は未考だが、しかし新後撰一四八一歌を公順の作と認めるのは一応許されよう）。

後に述べるように、公順は若い頃、僧として諸国を修業していた事もあった。厳密には推定できぬにしても、永仁二年の歌合出詠もおそらくは二十代になってからであろう。新後撰の隠名入集というのは、歌壇的にはまだ著名でなく、しかし二条家の人と何らかの（師弟としての？）関わりがあって、撰者為世とその周辺では名が知られていたのであろう。仮に永仁二年を二十代中頃とすれば、嘉元元年は三十代で、逆算すると、文永の中頃（五年が一二六八）の生れとなろう。

他の一つは享年からの推測である。

家集一七一は、前歌一七〇の「春日社三十六首歌に」を受けると見られるが、「いたづらに六そぢの秋をむかへ来てちぢにかなしき月を見るかな」とあり、某年「六そぢ」（五十代後半から六十代初めまで）であった。なおこの催しには嘆老の歌も多い（「老が身に」ほか。三五七〜九）。また「翫花といふことを　いたづらにいそぢの春はかざしきぬかくれぬ老を花にかこちて」（84）。年次不明）、一八六には「帥親王家五十首　いそぢまであかずも月を見つるかなつもれば老のつらさ忘れて」とある。

後に述べるが、「春日社三十六首」の催行年次は不明だが、点者は為世で、為藤がいないので、為藤没後のこと、すなわち元亨四年（正中元）七月以後、嘉暦・元徳頃の催行と思われ、仮にその中程をとって嘉暦二年（一三二七）を六十歳ほどとすれば（例えば「むそぢ」が六十歳を中心に、前後にかなり幅を持った言い方であることを認識しつつ、便宜的に想定）、文永五年（一二六八）頃の生れとなる。その場合、歌合初出の永仁二年は二十七歳、隠名入集の嘉元元年は三十六歳、最終事蹟の建武元年は六十七歳となる。また後述するが、帥親王五十首を元亨二、三年の成立とすると、五十五歳ほど（「いそぢ」）である。

あるいは数年の誤差はあるとしても、文永五年頃の生れとして大きく相違することはないのではなかろうか。

僧侶として

公順の若い頃の行動は分明でない。おそらくはごく若い頃に三井寺に入って出家、僧としての修業に励んだのであろう。その若干の様子は拾藻鈔によって窺うことができる。

その師は園城寺の円顗。家集四二二に「先師大僧正円顗すみ侍りしあとにて、五月雨のころ　つくづくと心くだけてしほるるは昔しのぶのきの玉水」とある。なお四八九によると、その没後、記してあった抄物を写したという。

円顗は分脈によると、村上源氏、東大寺大僧都親宝の子。「寺、大僧正、理覚院　園城寺伝法血脈　定通猶子」とある。内大臣土衛門定通は大叔父に当たり、宝治元年に没している。円顗は若くして定通の猶子となったとして、永仁頃まで生存は可能で、二十代の公順が円顕に弟子として仕えたことは想察しうる。なお「已講」は元来天台の三会（十月の興福寺維摩会、正月の御斎会、三月の薬師寺の最勝会）の講師を勤めた者をいうが、平安末期になると、円宗寺法華会、最勝会、法勝寺の大乗会の北京三会を延暦寺と園城寺の僧が隔年に講師を勤め、已講として扱われたという（『角川古語大辞典』）。三井寺の僧公順が已講であったことも間違いないであろう。相当僧侶としての臈を積んでいたと思われる。

そして家集には公順の修業についての詞書・歌が幾つか記されている。

四国の修行し侍りし時、讃州松山といふ所にてわらはの名残をしみて又いつか下向し侍るべきなど申し侍りしかば

符　しらなみのたちかへりこむまつやまのまつともかぜのつてにしらせば　（三五九、為世点）

奥修行のあらましいたづらにとしへぬることをおもひて

あらましのいく秋風かふきつらむゆきてまだ見ぬ白かはの関　（三三三、為藤点）

ほかに「修行」の折の歌（二七〇・三五三・三五八・三六〇）。また、

大峯にてさきにまかり侍りし山伏をしたひてよみ侍りし

ふみならしとふべきあともしらくものへだててうづむ岩のかけみち　（三五七）

修行中の話であろう。「大峯にて」の歌は三七二にもある。そのほか三六九「むさしのにて」、三七〇「きそぢを通るとて」なども修行の旅であろう。大峯はいうまでもなく、四国では石槌山、奥州では出羽三山などに想い及ぶと、園城寺の僧として公順は修験に関わっていたのではないだろうか。上記の詠には若い頃修行に打込んでいた折の詠も含まれていよう。更に延慶元年閏八月七日の「公順書状」（宛先不明。『冷泉家古文書』二四〇）によると、「本房」に

て、或は「参勤」して「不動護摩」を修すべきか、という文言が見え、自房を持った、修験に関わりのある僧であることが推測される。

なお公順の僧位・僧官について記しておく。上掲の分脈に「已講 律師」とあるのは比較的早い時期のことであろう。その後のことは勅撰集および私撰集に記載の位署によって窺知される。すなわち続千載・続後拾遺・続現葉の各集には「権大僧都」、新千載・新拾遺・松花・臨永の各集には「法印」とある。続千載は文保三年（一三一九）四季部奏覧、元応二年（一三二〇）七月返納（完成）で、この頃「権大僧都」。続後拾遺は正中二年（一三二五）十二月四季部奏覧、嘉暦元年（一三二六）六月返納。新千載は延文四年（一三五九）返納。続現葉の成立は元亨三年（一三二三）、翌年一部増補。松花は元徳三年（一三三一）夏秋頃成立、臨永もほぼ同じ頃の成立と推定されている。

以上によって、元応から嘉暦元年頃までは権大僧都であった。勅撰集では官位相当の場合は僧官で、僧位の方が僧官より高い場合は僧位で記すので（私撰集もこれに従うことが多い）、この頃の僧位は「法眼」であったろう。そして元徳三年（元弘元年）以後は法印であったから、嘉暦元年後半から元徳三年前半頃までの間に法印に昇ったと思われる。いつまで僧官が権大僧都であったかは不明だが、僧正に昇ることはなかったようだ。

歌人としての歩み

年次の明らかな最も古い事蹟は前述の如く永仁二年（一二九四）三月或所十首歌合で（九七）、表記からいっても師家や権門における晴の会ではないようだ。同輩クラスの歌合であろうか。そしてこの年八月禅閤鷹司兼平が没し、藤原盛徳と歌を贈答した（四二七、八。盛徳については拙著『中世歌壇と歌人伝の研究』参照）。

盛徳は鷹司家に参仕していたと思われるが、公順も同家に出入したことがあったのかもしれない。盛徳は為世門で、既に同門の仲であったと推測される。盛徳は弘長元年（一二六一）頃の生れで、十歳程年長であるが、親しかったようだ。年次は不明だが、盛徳勧進大原野社六首に応じ（七七）、盛徳東国下向の折に歌を贈答している（三五五、六）。

永仁三年百首歌を詠じ、為世の点を得た（一六三）。歌人としての存在が少しずつ知られて来る。

永仁四年四月養父公益が出家、こののち某年他界した。源邦長より悼歌あり、返歌した（四二五、六）。邦長は醍醐源氏、新後撰集に三首入集し、以下、勅撰集に十五首入集。おそらく公順より先輩であろう。

雪のつとめて源邦長朝臣もとへ申しつかはし侍りし

親族集日かずへてふりそふ雪のさびさしにならひもしらぬ人ぞまたるる　（二五五）

返し

親族集おとづるる人のなさけのふかさこそふりそふ雪につけてしらるれ　（二五六）

年次は不明だが、右の贈答を見ると、親しかったようだ。「親族集」は現在散逸私撰集。邦長・公順の関係その他一切不明であるが、注意される贈答である。邦長は嘉元二年生存（『和歌大辞典』該項参照）。その後のことである。なお邦長の父もとへか）贈っている（四九二）。邦長勧進の釈教歌も詠じ（四九一）、邦長が没した翌年釈教歌を（遺族の兼康（続古今集以下作者）の弟が、続拾遺集の折に開闔を勤めた兼氏、その子が公順と親交あった長舜で、すなわち邦長と長舜とは従兄弟同士であった。長舜については後に記すが、この一族と親交関係があったようである。

四年六月高山寺関白近衛家基が没したが、公順は翌年「彼あとにて花を見て　たちよれば袖をぞぬらす見し人のおもかげのこす花のした露」（四一五）と詠じた。近衛家に一時参じていたのかもしれない。

正安元年（一二九九）百首歌を詠じ、為藤の合点を受けている（二番歌）。百首は永仁三年にも詠じ、のち乾元二年にも詠じている。

公順は既に掲げたように、修行の歌も為世・為藤の合点を受けており、右の百首を見ても、折に触れて合点を仰ぎ、早くから二条家の門弟となっていたことがあらためて知られる。

正安三年十一月為世は勅撰集撰進の命を受け、歌壇も活発化する。

乾元二年（一三〇三。八月嘉元と改元）七月百首を詠じた。

新後撰 うかりけるわが身ひとつの夕ぐれをたぐひありとやしかもなくらん　（一四七、「鹿」か）

符 藍田集 山はなをしぐれもやらずさをしかの声こそ秋の色にいでぬれ　（一四八、同前）

符 人めだにいまはかれのの草の原いかにたづねて冬のきぬらむ　（二一四、「初冬」か）

「うかりける」歌は新後撰隠名入集歌（三三二）、一四八・二一四は為世合点歌、一四八は「藍田集」という散逸撰集（成立時も不明）の入集歌であったらしい。もし（　）に推定した題があったら、これは同じ頃仙洞（後宇多院）から召されていた嘉元百首と同題である。もとよりキャリアでもない公順が百首の人数に加えられるべくもないが、あるいは嘉元百首題で詠じ、為世に合点を受けるということがあったのではなかろうか。

家集には四三（『大成』の「左」点は誤り。ないのが正）。四四。四九以下、「百首歌」と詞書ある歌が二十首ほどあり、題は記されていず、既述の永仁三年・正安元年分もまじると思われるが、中にはこの乾元二年の折のもある可能性も高いであろう。(118)・二二六・二三一など為藤点の歌があり、何れであるにしろ為藤没の正中元年七月以前のものである。なお「続百首」というものも詠じた（二七五）。

新後撰集・離別（五三九）に、

遠き所にまかりけるに、人のなごりをしみければ
よみ人しらず
思ひやれさだめなき世の別れぢはこれをかぎりといはぬばかりぞ

とあるが、拾藻鈔三五三に、

修行にいで侍りし時、法印長舜もとより、
お《新後撰》もひやれさだめなき世のわかれぢはこれ《新後撰》をかぎりといはぬばかりぞ（公順の返歌略）

とあって、この歌が長舜の隠名入集歌であることが知られる。なお公順の返歌がある（三五四）。右の贈答は新後撰集成立以前のことであるのは確かで、長舜とは早くから親しかったのである。なお長舜は源兼氏子、二条家の有力な門弟。公順より十余歳年長であった（小川剛生編『拾遺現藻和歌集』、小林大輔「長舜と二条家和歌所」、『和歌文学研究』83、'01・12参照）。

嘉元元年（乾元二年）十二月十九日新後撰集成る。公順の二首が隠名で入集。

題しらず　読人不知
うかりける我が身ひとつの夕暮をたぐひ有りとや鹿も鳴くらん　（三二一、拾藻鈔一四七）

題しらず　よみ人しらず
あはれにもみしよにかよふ夢ぢかなまどろむ程や昔なるらむ　（一四八一、拾藻鈔四一三、小字書入）

三二一は家集によると乾元二年七月百首の内の一首で、撰集のさ中に為世が採ったものである。

隠名入集というのは、おそらく公順という名が歌壇的に広く知られていなかったからではあるまいか。しかし二首というのは優遇の感がある。新後撰集は撰者為世の下、為藤・定為・長舜らが、『勅撰歌集一覧』では寄人、『代々勅

撰部立』では連署、『歴代和歌勅撰考』では長舜は開闔・中書で、何れも公順と親しい人であり、「うかりける」歌などは撰集成立半年前の歌の入集である。公順も何らかの撰集への助力（下ばたらき）を命ぜられていたのではなかろうか。入集は褒賞であった感もする。

嘉元二年には月日不明の三つの催しに参加している。

家集四六に「民部卿家三首、同心を（帰雁）嘉元二」とある「へだてゆくかすみも遠し天の原ほどは雲ゐに帰るかりがね」（為藤点）。為藤家三首とある歌が外に七首ほど見える。なお同家三首会は正和二年にも行われている（二七）。またこの年或所の十首歌合にも加わる（一一五、為世点。三八六も同じ折か）。

この年、後近衛左大臣家百首の作者となっている。「嘉元二」とあるのは三三五（「河」）のみであるが、三三六「山家」も前歌を受けるのであろう（共に為世点）。

ここで後近衛左大臣（没後の称号であろう）について考察する。

四三五に「後近衛左大臣家こと侍し頃、法印長舜もとより　符　はかなさをよそのあはれとなげききていつかわが身も人にとはれん」とあり、長舜の返歌（四三六、為世点）があり、続けて「同時、人のとぶらひて侍りし返事に　とふ人のおどろかさずは夢とのみまよひはつべきおもひなりけり」（四三七、為藤点）とあって、後近衛左大臣は、四三七合点から推して為藤没の元亨四年七月以前に没したらしい。この人物を近衛流より探すと、文保二年六月三十二歳で没した経平（家基男）かと一応は思われる。しかし経平の文保二年六月没は、分脈・補任ほか『新摂関家伝一』などによって動かない。そして拾藻鈔一四四に「後近衛左大臣家十五首」に「元応元八月十五」とあり、一六四に同様の詞書の下に「元応二八月十五夜」、更に一六八・一八四・三二四にも元応二年八月十五夜の記がある。一、二ケ所なら公順の誤記などとも考えられるが、計五ケ所に及ぶと無視できない。この問題が解決されない内は、経平と確定しえないであろう。なお経平は嘉元二年は十八歳の若さ、また勅撰集には続千載・続後拾遺に入らず、玉葉・風雅入集、二条家寄りの人ではないように見えるのも気になる（拾藻鈔には京極・冷泉家の人々との交流がない）。

もし経平でないとすると、兄の家平であろうか。家平は嘉元二年は二十三歳、新後撰に初入集、玉葉に四首、続千載に二首入集、正中元年前関白左大臣として没。後近衛左大臣としていちおう妥当性がなくはない。但しその追号は岡本関白で、拾藻鈔には二一以下三ケ所に「岡本入道前関白家」とあり、また何かの事情で「後近衛」といわれたとしても、その場合は「後近衛前関白左大臣」とあるべきで、やはり難点が濃い。なお上記四三五～七に続いて藤原伊経が後近衛左大臣の死に殉じて出家しており、公順は父の長経に歌を贈ったが（四三八、九）、長経父子は近衛家の家司進藤氏。この辺の事蹟から後近衛左大臣を考察することも課題になろう。

この後近衛左大臣の和歌好みは相当なもので、この後も公順はその催しにしばしば参じている。翌三年三月再び百首が行われ（63）、一一四にも（月の記載なし。為世点）、そのほか一〇四・一二三・一五五・一九三・二三二・三五一・四〇六にも百首催行がみえる（年の記載なし）。

嘉元三年七月七日には為藤家当座七十首に加わり（一一。為世点、六九年時なし）、某月定為の三首（会）に連なった（二二オ「樵路躑躅　山人の」（110））。年の記載のない八六（「夏月似秋」）、一八八（「恨身見月」、為藤点）も四文字題なので同じ折かとも思えるが、正和元年にも四文字題定為三首歌があり、八六・一八八については何れの折か不明。なお定為三首は四九四にもある（釈教歌）。公順はこの頃三十代と思われるが、この二、三年急速に力量が認められ、歌壇にも名を知られて来たようだ。

翌嘉元四年（一三〇六）は十二月に徳治と改元される。

法印長舜ともなひて花見侍し時、当座、花前述懐徳治元

符　なげくべき事もさながらわすられてうきをへだつる花のしらくも（一五オ、(75)）

春の花見であるから、「徳治元」とあるのは後の書入れである。なお長舜はこの住吉社六首歌を勧進、秋歌が一九八にみえる。公順は七月七日には為藤家当座七十首に（一三五、為藤点）、某年入道前大納言為世家月次三首に（一三オウ（65）、為世点。年不記載の一二九「女郎花露」も同じ折か）参じた。宗匠家の月次会の人数に加えられる程になっていた。

徳治二年「花十首歌」（一四オ「はなさかり」(68)、「かをとめて」(69)）。この年も長舜勧進住吉社六首（一二ウ、(62)、三〇九）に応じた。なお為藤は四月三日蔵人頭に補せられたが、この職を望んで公順に祈らせ、成就した喜びが三八二、三に両者の贈答歌としてみえており（両者為世点）、続後拾遺集にも入集（一〇〇六、七）。密教の僧としての信頼はあったのである。またこの年、近衛家平（岡本関白。この年右大臣）家続百首の人数にも加えられた（二一）。

徳治三年（一三〇八。十月延慶と改元）、八月二十五日後二条天皇、二十四歳で他界、花園天皇践祚。二条家は歌壇の指導権を京極為兼に譲ることとなった。

九月十八日法眼行済勧進の北野社十八首を詠、一三ウ「夕日かけ」(67)。行済は続拾遺初出、新後撰集に三首入集した二条派の歌僧。公順よりかなり年長であったと思われる。また「或人勧進　水辺冬月延慶元」（二三六）の歌頭に「左」（為定）の点者名があるが、為定はこの年まだ二十歳程で、点者としては若過ぎる（為定の年齢には諸説あり、補任元亨三年三十五歳とあるのに依る。他の説によるとすべて二十歳以下）。為定が点者となるのは元亨以後で、延慶元年というのは、年次か点者名か誤写または誤記であろう。

延慶二年二月後近衛左大臣家三首に（二三、為藤点、二二オ「霧ふかき」(109)、為世点）、この年「法印長舜十八番歌合見花延慶二」（一六オ「ちりぬへき」(80)為藤点）に出詠、三年四月十三日「法印長舜庚申十八番歌合」にも加わる（二一

五、為世点）。なおこの頃か、長舜庚申十八番歌合が七〇・九六・一八一（為世点）・二六九（同）にみえる（年の記載なし）。

長舜の父源兼氏は二条家内部の重要歌人であったが、弘安元年急逝（上掲、小林大輔「長舜と二条家和歌所」）。その三十三回忌は延慶三年である。長舜は三首歌を勧進、公順の詠は二首みえる（七三・四四八、為世点）。

この年師の為世と京極為兼とが勅撰集の撰者をめぐって激突した（延慶両卿訴陳状）。結局、治世の君伏見院は為兼を支持する。

翌年は四月二十八日応長と改元された（一三一一）。五月五日為道（為世男、為定父）十三回忌、定為勧進（四四七・四九三。為世点）。同年後近衛左大臣家三十首（七一、為世・為藤点）、年時不記の同家三十首歌（二三オ「行かたを」（116）、為世点、九四、為藤点、二七八、為世・為藤点、三二三同上、三六六・四五八、為世・為藤点）。

翌年三月二十日また改元（正和）。三月玉葉集が成立（撰者為兼）、公順は当然のように入集しなかった。京極派の全盛期である。この年、定為三首（一〇〇）、為藤家五首（一九五）にも出詠。

正和二年（一三一三）七月七日円光院禅閤鷹司基忠が没した。生前その家の三首会に出たことがある（二二五）。この年為藤家三首に（二七、為藤点）、後近衛左大臣家続百首に出（四七、為藤点ほか）。

三年為世家春日社三十首。八番歌（為藤点）ほか二十数首見え、歌人が各三十首を詠進したらしい。為世・為藤点のものが大部分で、歌を磨き、緊張して進めたのであろう。そしてこの年諸社法楽歌を詠じた。一〇五に「諸社法楽歌、山初秋正和三」、その外は三・一〇以下年は記されていないが、五十首ほど見えており、或は自身の発願によるのか、力を込めた詠作であったようだ。

正和四年岡本関白（家平）家当座会（二三ウ「かけをさへ」（119））に出席。三三八もこの折の歌であろう。また後近衛左大臣家五首の会に出詠（三四）。

この年で注意されるのは、家集の次の巻頭歌である。

聖護院二品親王覚家五十首、立春正和四

ひさかたのおなじいはとをいづる日もけふよりはるとのどけかるらし（為世・為藤点）

とある。覚助は後嵯峨皇子。和歌に熱心であった（拙著『中世歌壇史の研究南北朝期』、稲田利徳『和歌四天王の研究』参照。正和四年の外にも、延慶頃・文保頃・元亨頃としばしば五十首を人々に詠ませている）。拾藻鈔には覚助家五十首として年時不記のものが二十二首見えている（一五・四八以下）。

五年八月十五夜為藤家十五首に出詠（一三六、為藤点・一六一、一七六、為藤点・一九四、為世・為藤点）。二条家の逼塞期とはいえ、人々の詠歌が熱心なことは注目されよう。

正和六年（一三一七）は二月三日文保と改元される。九月長舜の勧進百首に応じた（二一六・三二〇、為世点）、年次は記されていないが、二一二・二二一・二四七・四〇一（為世点）などが見える。また「法印長舜百首歌」とある二三九（為世点）・二八三（為藤点）・二八四（為世・為藤点）・四五六（為世点）などは「勧進」が略されているのか、長舜百首に和した公順の百首か明らかでない（なお文保二年の条参照）。そしてこの年も長舜勧進の八幡法楽六首を詠じた（一二ウ「日にみかき」（66）為世・為藤点。二九一が続千載一一七〇に入集）。

文保二年九月為氏三十三回忌歌を定為が勧進、歌を贈った（四三一・四八三）。同じ月「法印長舜百首歌　懐旧文保二九月」（四一〇）、また「法印長舜勧進百首　春雪文保二」（一九、為藤点）がある。前年の勧進百首との関係などは不明（頻りに百首を勧進しているか、拾藻鈔の年時記載の誤りか明らかでない）。

この年二月後醍醐践祚。二条家に春が回復したといってよい。十月三十日後宇多院の、撰集下命が為世に下された

（尊卑分脈・代々勅撰部立）。長舜は和歌所開闔・連署となり、「中書勤仕」（代々勅撰部立）。その年の冬であろう、雪の日、為藤に喜びの歌を送り、返歌あり、また「詠歌事などたづね」て、これにも返歌があった（二五九〜二六二）。この年楚忽百首を詠じた（二一オ「まちわふる」（53）・五六・七四。みな為世点、年次は（53）詞書による）。永仁〜嘉元の頃、為相・為顕・為実らも「楚忽百首」を詠じた（夫木抄一七二二以下）。深く考えない、速詠歌の謙称であろう。早く慈円や為家も詠じており（拙著『中世歌壇と歌人伝の研究』参照）、専門歌人の訓練用の百首という面もあろうか。

文保三年（一三一九）は四月二十八日に元応と改元される。この年高階成兼家の歌合に出詠（一七八）、為世・為藤点がある。成兼は続千載・続現葉にそれぞれ一首入集。二条家系の歌人であろう。某年同家当座会にも（三四三）。元応元年八月十五日後近衛左大臣家十五首（一四四）、二年八月十五夜、同家十五首（一六四、一六八・一六九・一八四、以上為藤点、三二四。なお、一八四には「十五首」とはない）が行われた。

二年七月二十五日続千載集返納。公順は顕名二首（八八七・一一七〇。家集三三四・二九一に依る）、隠名一首（八〇七）入集。好成績といえるであろう。隠名の歌は、家集（三六〇）に「修行し侍し道にて同行のわづらひ侍しを人にあづけおくとて」と詞書あり（為世点）、続千載には、

修行し侍りける道にて同行のいたはりけるを人にあづけおくとて

よみ人しらず

いまこむとむすぶちぎりもあだにのみおもひおかるる道芝の露（八〇七）

とあり、詞書を見ても家集から採ったと見てよいであろう。

十月句題百首を詠む（一六）。十四日亀山皇子順助法親王他界。順助は続千載に二首入集。その内の一首「いくほどもあらじものゆへながらへてなにとうき世の夢を見るらむ」（二〇一三）を見て公順は「いくほどもあらじといひし

ことのはのいつはりならぬ夢ぞかなしき」（家集四四一）と詠じた。順助の生前に何か縁があったのであろう。

元応三年は二月元亨と改元、二年正月為藤、日次歌を始め、人々に勧め着到せしめる。その初めの日、公順立春歌を詠（四）。十二月左大臣（二条道平であろう）詩歌合に出詠（二一一）、同年左大臣当座会に加わる（一七七。年時不記だが、「左大臣当座」の歌が五一・二一ウ「をのつから」（108）・三〇七等、十首ほどみえる）。道平は兼基男、良基の父。新後撰初出。母は為顕女で、和歌を好んだ。公順も眼をかけられるようになったようである。

左大臣道平とは格別に親しく、公順が岩倉に住んでいた頃、花の枝につけて道平に歌を贈り（一二ウ（60）（61））、また左大臣が岩倉に来訪して紅葉を見、公順と贈答歌あり（二〇六、七）、岩倉における当座会（三三七）、また左大臣邸に色々の花が植えられていることを賞した贈答歌（一二〇、一）などが家集に見えている。

元亨三年（秋頃か）続現葉集が成立。元応二年成立の続千載集の選外佳作編とされる二条派の撰集で、巻八に翌年六月に他界した後宇多院を悼む歌（八月十五夜、万秋門院）などのある所から、四年秋以後、一部増補されたらしい。もと二十巻、現存十巻。公順歌は拾藻鈔に二〇オ「たをりける」。二九四に入集したと注記がみえる（続現葉集現存部分には見えない）。また二〇オ「よきてふく」「たをりける」は長舜との贈答歌だが、続現葉に入集した注記があり、元亨三、四年以前の詠歌であることが知られる。

拾藻鈔には「師親王邦家五十首」と詞書ある歌が四十首ほど見え、一二番歌には「嘉暦三」とある（他には年次記載なし）。所が、中に為藤点の注記のある歌があるが（一二・二一ウ「はるの夜の」（106）・八四・二六八・三一六・三一七・四九九）、為藤は嘉暦三年は没後である（元亨四年七月没）。

後二条皇子邦省親王は二条家系の歌人で、和歌を好み、五十首の催行は、拾藻鈔の外、続現葉集（一一二・七一六）、続後拾遺集（一二三・四四〇以下）以下の撰集に、季雄・実性・忠守ほかの人々から五十首を召したことが見える。元応二年成立の続千載集に五十首のことは見えないので、この五十首は元亨元年から三年秋頃（為藤点を考慮すると四年七月以前）の間に召されたらしい。まずは元亨二、三年頃の催行ではあるまいか。なお上記「嘉暦三」とある点から、元亨度と嘉暦三年と両度の催行ということを推測した（井上『中世歌壇史の研究南北朝期』）。しかし拾藻鈔に見える約四十首の「師五十首」歌中、「嘉暦三」とあるのは一二番歌のみで、他は年時が記されていない。そこで次の二ケースが考えられる。（1）元亨度と「嘉暦三」とに行われた。但し一二の合点者名「爪」は誤記である。（2）「嘉暦三」は誤記で、五十首歌は元亨度一度のみであった（元亨度には為藤も点者に加わっていた）。――（2）の可能性が高いが、（1）を無下に斥けることも出来ず、後考を俟ちたい。なお（1）の場合ならば、拾藻鈔の「五十首歌」には両度の五十首歌が混っているのであろう。この五十首で注意されるのは為定が（おそらく初めて）点者となっていることである（三年三十五歳）。なお青山会本『明題抄』によると、「親王家五十首」の構成は春十、夏七、秋十、冬七、恋十、雑六首。

元亨三年五月、聖護院二品覚助家六首歌合（二七三）、十一月同家六首歌合に出詠（二三〇）、共に為藤点。拾藻鈔一九ウ「かけよりも」「いとひても」（97）（98）は為藤との贈答歌で、元亨三、四年より前のことである。

三年七月為藤は勅撰集撰集の命を後醍醐天皇から受けた。いったん為世に下命されたが、三度目ということで為藤に譲ったのである（増鏡春の別れ）。拾藻鈔に「入道前大納言、代々の古風をまもりて、しきしまの道ふたたび昔に立返り、ためしなき三たびの撰者をさへ承り給ふ事、神明の御しるべも今更に覚え侍るよしなど申し侍りしついでに」として為世との贈答歌がある（四七〇、一）。これは為藤に譲った七月以前のことである。

元亨四年は十二月九日正中と改元。（101）・二八二に、聖護院二品親王（覚助）家五首歌合として「正中元二月」とある。改元前の月なので、後に書き入れたものであろう（外に年月を記さないものが、五二・二五ウ（126）、何れも為藤点）。

七月十七日為藤が没した。瘧病または傷寒であったという。「不慮早世」というから（花園院記）、急死であったようだ。ただ病床にあって長舜と対面したのは、撰集の後事について述べることがあったのであろう（長舜は連署を子の実性に譲っていたが、為藤は練達の長舜を頼りに言う旨があったのか）。長舜は対面したことを公順に報じ、贈答歌があった（家集四四五、六。為世点）。そののち撰者は為定が受け継ぎ、寄人であった惟宗光吉（『勅撰歌集一覧』）が引続き補佐することになったので、公順は歌を贈り、返歌があった（四四三、四）。

為藤に公順が長く親炙していたことは既述もしたが、その外、拾藻鈔には一七オウ「はなをのみ」「はな見てそ」・（85）・（86）・二六オ「たまかはの」（129）・六一・一一三・一二六、七・四二九・四三〇・四六八ほか枚挙に暇がない。なお「民部卿家続千首」という大規模な千首歌を為藤は催しているが、公順も加わっている（二九三・三四〇、以上為世・為藤点。四九〇）。これは為世家の続千首（二六ウ「ほととき す」（133））に倣ったものであろう。

為藤の他界は、為世はもとより公順を含めて多くの人々に衝撃を与え、花園院もその日記に詳しく記している。この頃、定為も没している（拙著参照）。既述の交渉（嘉元三、正和元、三）の外、二五七、八・四八一などに親交の様子が見えている。

正中二年（一三二五）。この年為世は日吉社百首を人々に勧め、公順の詠六十余首が拾藻鈔にみえる。年月を記すのは五・二一三・三一一番歌で、為世と為定とが合点している（なお内、三〇二、三は「日吉社法楽続千首」とある）。そして五十五首に為世または為定の点があり、力を込めた歌であることが窺われる。一首を挙げておく。

ふくかぜのひびきをそへてすずしきは松のした行く山がはのみづ（一〇二、両点）

十二月十八日為定は続後拾遺集奏覧（花園院記など）。すべて千三百五十余首。公順は一首入集（一〇〇六。家集三八二。徳治二年参照）。歌数が続千載の六割余りであるから、総じて人々の歌は減じており、一首のみということもやむをえないであろう。翌年（四月二十六日嘉暦と改元）六月九日同集返納。

嘉暦二年（一三二七）正月十九日後照（称）念院鷹司冬平が没したが、生前その当座会に出詠したことがあった（四一四）。

嘉暦三年。この年師親王邦省家五十首が行われた。一二番歌に「嘉暦三」とあり、この年に行われた可能性は皆無ではないが、存疑としておきたい（前述）。

元徳二年（一三三〇）三月或所詩歌合に加わる（一五二・三六八。一五ウ「いと、なを」（76）には月記載なし）。

元徳三年は八月九日元弘と改元。五月には日野俊基らが幕府に捕らえられる。夏・秋頃、臨永集が成立し、公順は五首入集、同じ頃、松花集が成り、二首入集（外に「詠人不知」とある二八五が拾藻鈔三九一にみえ、隠名入集）。何れも二条派系の私撰集で残欠本（入集者はほぼ現存の人らしい）。公順の二条派系歌人の中での地位はかなり堅いものになっていたと見られる。

八月下旬大乱勃発。九月幕府は持明院統の光厳天皇を擁立、翌二年（四月、正慶と改元）三月後醍醐天皇は隠岐に流される。その供となって世尊寺行房は下向、公順と歌の贈答を行った（三六一～四）。次の歌はこの頃の世情を見ての感慨であろう。

元弘のころ読み侍りし歌の中に
ぬるが内の夢にまさりてはかなきはただ目の前のうつつなりけり　（四五四）

さて、長年親交のあった長舜である。

長舜身まかりて又のとし、花のころ此詠歌を思ひ出でてよみ侍りし
花を見てともを恋ひける古の人の心ぞ思ひしらるる　（四一七）

右の長舜の「此詠歌」は「行末に我をも人や思ひ出でん昔花見し友ぞ恋しき」(四一六)である。井蛙抄に(長舜は死後、和歌所の小蛇か小鼠になるといっていたが)、「続後拾遺の比、法印去てのち」(和歌所に小蛇が現われたので子の実性がおびえた話)があり、おそらく、正中・嘉暦頃には没していたと思われるが、一方、現存者入集を主としたらしい臨永・松花集に入集している点からその成立の元弘元年頃には生存していた可能性もあり、或は両集の撰集中ぐらいに没したのであろうか。何れにしろ公順は親友を先立てている。

法印長舜身まかりて又の年、五月雨のいたくはれまなく侍りしかば、

僧都実性もとへ申しつかはし侍し

めぐりあふさ月かなしきなみださへかきくらさるる雨のうちかな

(四二四。返歌略)

と長舜子の実性に贈っている。これはおそらく元徳・元弘の頃であろう。

長舜との親しい関係は集全編に見られるので、一々掲げない。一つだけ記しておきたいのは「古今贈答集といふ打聞を法印長舜えらびて見せ侍し、めづらしき集にて侍りしかば、返しつかはすとて」とて贈答歌があるが(三八四、五)、こういう私撰集を撰んだこともあった(一二四、五、教仙との贈答にも)。長舜は勅撰集(新後撰・続千載・続後拾遺)の折、開闔となったり、連署に加わったりして二条家の門弟中高い地位を得ていたのである。

元弘三年五月、後醍醐は京を回復、光厳帝は廃せられ、二条家も一陽来復の候を迎える。その折の公順詠は残らないが、翌建武元年(一三三四)十二月十五日暁の夢の中で、公順は自詠に為世・為藤・為定から得た点を記して和歌所に進めたい、と申し、夢の通りにして進めた旨を拾藻鈔の奥書として記した。

これが公順の最終事蹟である。六十代の半ば(先述、六十五歳ほど)であった。

公順の和歌事蹟を幾つか掲げておこう。

集中に「春日社三十六首歌に」「春日社法楽三十六首歌」と詞書ある歌が二十四首ほどみえるが、おそらく公順の発心によるもので、また為世・為定のみの点であるから正中元年七月以後、「いたづらにむそぢの秋を迎へきてちぢにかなしき月を見るかな」とあり、既述したが、嘉暦頃のものであろう。生涯の決算という感じの詠歌である。なお法楽歌としては「諸社法楽歌」（三以下）「住吉社法楽月百三十首」（一七四、五）等。

興味あるのは、

　　鴨長明とやまの方丈にかきつけ侍し

くちはてぬその名ばかりと思ひしにあとさへのこる草のいほかな　（三五〇）

歌頭に「符藍田集」とあり、為世の合点と、藍田集という私撰集に入集していたことが知られる（この集一四八にも）。長明享受という面からも興味深い。

また同じ二条派の歌人として、兼好とも交際があった。

　　兼好法師勧進、梅尾（ママ、「栂」）鎮守住吉社法楽歌

伓うき身にはまちえても猶ほととぎすよそにかたらふ声かとぞきく

為藤点なので、正中元年七月以前のものである。

その外交流のあった良覚（徒然草にみえる榎僧正。続古今集初出。嘉元頃まで生存）との贈答歌がある（(54)(55)）。藤原盛徳（七七・三五五、六）、実性（三四二）、覚守（二二二）、高階盛朝（一一六）、経順（四一八、九）、教仙（一二四、五）、行済（二六）など多くは二条家系歌人である。

まとめ

公順の歌は、新後撰に「詠人不知」として二首、続千載二首、（他に「詠人不知」一首）、続後拾遺一首、新千載二首、新拾遺一首、続現葉集二首、松花集三首、臨永集五首。

歌風は既掲の歌によっても知られるように、手馴れた温雅な二条家の風で、この歌風こそが当代の多数派の支持を得たものであった。

その歌人としての当代の評価について、鎌倉末・南北朝初期の歌人の、勅・私撰集の入集状況を掲げてみる。公順の生存中に撰ばれた新後撰～続後拾遺で、三首（および隠名二首）、浄弁・頓阿・兼好・能誉らいわゆる為世門の四天王、隆淵・実性らとほぼ並び、長舜・行済には及ばず、元盛より僅かに下位と見られようか。以上、続現葉・松花・臨永の私撰集によってもほぼ確かめられよう。

この人々、とりわけ法体の歌人達は、二条派の歌人層の支柱で、二条家の指導部も留意して上記のような待遇を与えていたのであろう。すなわち公順はひとかどの法体歌人として認識される地位にあったと見てよい。

このクラスの人々は（公順の家集に見る如く）、為世・為藤・為定・定為らに歌の合点を請い、その家の催しに熱心に参加し、宗匠家の人々もこれに応え、また同門の人々と親しく交流して歌壇活動を行っていたのである。

以上のことと共に、この家集の一つの大きな意義は、鎌倉末期の歌壇的催しが、特に二条家の盛時、衰退時を通して、いかに活発であったかが知られる好資（史）料であることである。［付記Ⅱ］参照。

重言は避けるが、鎌倉末期（永仁～元弘）における二条派歌人層の厚さ、その活動の活発さを、また支持層の広さを、一人の歌人を通して考察してみたのである。

歌集＼歌人	公順	元盛（盛徳）	長舜	行済	浄弁	頓阿	兼好	能誉	慶運	行乗	雲禅	隆淵	実性	光吉
新後撰	〈隠名〉（2）	1	3	3										
玉葉			1											
続千載	2（2）	3	7	6	1	1	1	2		1	1	1	2＋1	2
続後拾	1	2	6	3	2	2	1	2			1	2	2	2
風雅			2			1	1		1			1	1	2
新千載	2	5	10	5	4	4	3	3		2	3	4	6	4
続現葉	2	3	7	7	2	2	3	4	1			3	3	4
松花	2（1）	1		1＋1	2	2		1	1			1	1	2
臨永	5	6		8	6	6		6	1		5	5	5	5
藤葉		2	5	2	3	3	3		2			4	3	4
拾遺現藻		1		2	1	5	（1）							3

なお鎌倉末期における家集編集のこと、二条派のことなど、［付記］に補足を行った。

［付記Ⅰ］一つの私家集編集の過程

拾藻鈔の奥書にある「書愚草欲進置和歌所」とある「書愚草」の「愚草」は生《なま》のままの詠草ではなく、それらを基本にして、四季恋雑に詠をきちんと分類した家集としたものをいうのではなかろうか。

鈔を見ると、既に掲げたように、例えば「春日社三十首」「師親王家五十首」「聖護院二品親王家五十首」「日吉社百首」……が為世・為藤・為定らに合点を受けている。この三者以外にも点を受けたらしい。人々から勧められた詠を記した詠草、また公順自身の歌会歌や贈答歌などの懐紙、或は歌日記の如きものも存したであろう。それらには師匠筋の人などから合点を得たものも多かったと思われる。

これらが家集（鈔）、を編む時の詠草群であろう。

拾藻鈔を見ると、部立もきちんとしており、和歌の配列も周到に行われている。藤本孝一氏の教示によると、それらの詠草――特に師家筋の人から合点を受けた詠草は勿論――は巻子本で、鈔を編むに当たって、題・合点を含めて短冊状に裁断し、それを部類に従って配列したものと推測される（構成がきちんとしているのはその故であろう）。

そうして整備された家集（奥書にいう「愚草」）を、将来勅撰集撰集の資料となることをも考慮して、和歌所に「進置」しようとしたのである。そして最終的には点者名の書入れについて、夢中で為藤に問い「符」「爪」「左」と書くようにと夢告を得、それを現実に反映させて歌頭に点者名を記したのであろう。

おそらくもとの詠草には、合点は＼、（爪点）、／の形で付せられていたのであろう。そこで為藤は上記のように指示を行い、「符」「爪」「左」として書き入れ、現在見る完成形態の集として（建武元年十二月十五日以後あまり遠くなく）「進置」されたのであろう。

中世の私家集がすべて以上述べた拾藻鈔の編纂過程と同じであるとは言えないが、一つの典型を示しているのではなかろうか。

［付記II］

鎌倉末期歌壇史の一史料として拾藻鈔は、永仁～元弘に至る約四十年の、主として二条家・二条派関係による歌壇史料・歌人の動向を具体的に記す所が多い。その主なものをあらためて年次順に掲げておこう（典拠は一々掲げない。本文の該年次を参照されたい）。

永仁二年三月、或所十首歌合。
同年三月、百首（独詠か。翌年および乾元二年七月も）。
嘉元二年、為藤家三首、或所十首歌合、後近衛左大臣家百首。
同三年三月、後近衛左大臣家百首。
同年七月七日、為藤家当座七十首。
同年、後近衛左大臣家百首、定為三首会。
徳治元年七月七日、為藤家当座七十首。
同年、長舜と花見の会。長舜勧進住吉社六首歌。
同二年、花十首歌。長舜勧進住吉社六首、岡本入道近衛家平家続百首。
延慶元年九月十八日、法眼行済勧進北野社十八首。
同二年二月、後近衛左大臣家三首。
同年、長舜十八番歌合。
同三年四月十三日、長舜十八番歌合。
同年、源兼氏三十三回忌、長舜勧進三首歌。

応長元年五月五日、為道十三回忌歌、定為勧進。
同年、後近衛左大臣家三十首。
正和元年、定為三首、為藤家五首。
同二年七月七日、円光院鷹司基忠没、生前三首会。
同年、為藤家三首、後近衛左大臣家続百首。
同三年、為世家春日社三十首（諸歌人詠進）。（公順独自か）諸社法楽歌。
同四年、後近衛左大臣家五首会、岡本関白近衛家平当座会、聖護院覚助家五十首。
同五年八月十五日、為藤家十五首。
文保元年九月、長舜勧進百首。
同年、長舜勧進八幡法楽六首。
同二年九月、為氏三十三回忌歌、定為勧進、長舜百首歌。
元応元年八月十五日、後近衛左大臣家十五首。
同年、高階成兼家歌合。
同二年八月十五日、後近衛左大臣家十五首。
元亨二年正月、為藤日次歌、人々着到。
同年十二月、左大臣（二条道平か）詩歌合。同年、左大臣当座会。
同三年五月、覚助家六首歌合。
同年十一月、覚助家六首歌合。

この頃、帥親王邦省家五十首。
正中元年二月、覚助家五首歌合。
同年七月、為藤没、生前その会多く、千首歌もあり。
正中二年、為世人々に日吉社百首を勧進。この頃、定為没、生前、歌合など。
嘉暦二年正月、後照念院鷹司冬平没、生前当座会。
同三年、邦省家五十首（か）。
正中～嘉暦ころ、長舜没。
元徳二年三月、或所詩歌合。
元弘以前某年、藤原盛徳勧進大原野社六首。

覚助・邦省などの親王家、また岡本入道（近衛家平）、円光院（鷹司基忠）、後近衛左大臣、左大臣（二条道平か）などの顕貴の家、二条宗家（為世・為藤家）、二条家の有力門弟、長舜・行済・実性などの主催した歌会、勧進歌など、すべて二条家系である点、注目される。おそらく或所の会なども二条家系の会であろう。公順も独詠と思われる百首（楚忽百首ほか）や法楽歌を、恐らくは同門の人々と共に詠じている。

拾藻鈔一つを見ても鎌倉末期歌壇において、如何に二条派の層が厚かったか、繰返しになるが、記しておきたい。

第五章　伏見稲荷大社と中世和歌
――中世和歌への一過程――

1　初めに

伏見稲荷大社と和歌との関わりを示す資料は多く存し、その資料に基づいて考察した論も数多く公表されている。(1) 本稿では、従来比較的取り上げられることの少なかった伏見稲荷大社と中世和歌との関わりについて記してみたい。まず中世和歌の範囲から述べよう。

古い時代の和歌史の流れをごく簡単にまとめると、主として雅びな生活の表出であった王朝和歌（ほぼ平安中期頃までの和歌）が、平安後期（院政期）に至ると、次第に題詠という創作方法に依る文芸的な和歌へと変化して行き、そこに中世和歌の始発があると見られている。すなわち専門歌人が輩出し、歌人グループが結成され、六条家、御子左家《みこひだりけ》などの和歌の家・流派が生起し、歌合なども、王朝時代の遊宴本位のものから文芸本位の性格が濃厚となり、和歌会、あるいは百首歌や五十首歌などを中心とする定数歌の催しがしきりに行われるようになり、そして多くの私撰集・私家集が編まれる、といった時代が到来したのである。

2　中世和歌への道

さて、「稲荷」に戻って述べよう。

注（1）に掲げた和歌資料や諸論考によって、平安初・中期に「稲荷」はしばしば和歌に詠まれていたことが知られる。月次《つきなみ》屏風には二月の祭として「初午」が描かれ、歌が加えられ、また稲荷社への参詣歌も頻りに詠まれ、あるいは奉納歌の催しも多く行われた。二、三例を挙げておこう（以下和歌は主として『新編国歌大観』に依り、表記は読み易いように改め、また歌番号を付した）。

（延喜二年の御屏風歌の内）

二月初午いなりまうで

ひとりのみわれこえなくにいなり山春の霞のたちかくすらん　（『貫之集』三）

（源高明家の屏風歌）

二月うまの日、いなりまうでの人

いなり山尾上にたてるすぎすぎにゆきかふ人の絶えぬけふかな　（『源順集』一六八）

（源順は『後撰集』撰者の一人）

稲荷に歌詠みて奉ると聞きて

しものやしろに

いなりのやみつの玉垣うちたたきわが祈《ね》ぎごとを神もこたへよ

（『恵慶集』五八。五九「中の社」、六〇「上の社」の歌略す。なお、恵慶は平安中期の歌僧）

歴史物語『今鏡』（嘉応二年一一七〇成立か）に次の話が見える。

左衛門尉頼実といふ蔵人、歌の道すぐれてもまた好みにも好み侍りけるに、七条なる所にて「夕《ゆふべ》に時鳥を聞く」といふ題を詠み侍りけるに、酔ひてその家の車宿りに立てたる車にて、歌案ぜむとて寝過ぐして侍りけるを、もとめけれど、思ひ寄らで、既に講ぜむとて、人みな書きたる後にて、「このわたりは稲荷の明神こそ」とて念じければ、きと覚えけるを書きて侍りける

稲荷山越えてや来つる時鳥ゆふかけてしも声の聞ゆる

（大意は次の如くである）蔵人源頼実は和歌に巧みで、また大変な和歌愛好者であった。七条で「夕に時鳥を聞く」という題で歌会があった時に、酔ってすっかり車の中で寝過し、歌を思いつかずにいる内、披講の時が来てしまった。「そうだ、この辺に稲荷明神がいらっしゃる」と思い出して祈念するとすぐ思い浮かんで書いて提出した歌――稲荷山を越えて来たのか、時鳥は。社に掛ける木綿《ゆう》という言葉のように夕方になって声が聞こえるよ。

右の話に続いて『今鏡』は更に有名な頼実の逸話を載せる。――命に替えて秀歌を詠ませて欲しい、と住吉の神に祈り、「木《こ》の葉散る宿は聞き分くことぞなき時雨する夜も時雨せぬ夜も」という歌を得、これがその秀歌であったので、住吉の神の託宣（「さればえ生くまじ」）のとおり早世したという（寛徳元年一〇四四の六月に三十歳で没したと伝える）。おそらく「いなり山越えてや」の歌も一〇四〇年頃の作ではなかろうか。この頃、能因法師らの影響を受けて、和歌六人党という和歌に熱心なグループがあり、頼実はその一人であった。このような、熱烈なる和歌好尚の念が、命に替えて秀歌を得たい、というような数寄《すき》の歌人を生み出し、この風潮が、やがて和歌の高度な芸術化へと連なるのである。

この頼実の逸話は象徴的である。稲荷の神の威光は和歌という芸術・文芸の創作にも遍く及ぶものであったのだ。

十一世紀半ば（平安中期）に至る和歌史の流れの中で、「稲荷」と和歌との関わりは、以上述べたように明らかであるが、それでは歌題として取り上げられたのは何時であろうか。

萩谷朴『平安朝歌合大成』（三）によると、永承五年（一〇五〇）二月三日六条斎院禖子《ばいし》（後朱雀天皇皇女）歌合において、春十題、祝・恋各一題の中の春季題の一として「稲荷詣」が置かれている。申すまでもなく二月初午の日の参詣という行事に依るのである。

次に掲出するように、稲荷神社の神木「しるしの杉」を景物として詠出することが多い。

稲荷詣　左勝っ　美作《みまさか》

越えぬよりまづさき立ちぬ稲荷山しるしの杉に懸くる心は

右　左衛門

稲荷山のぼるのぼるも祈るかなしるしの杉のもとを頼みて

なお『平安朝歌合大成』（五）によると、「某年（二月）禖子内親王男女房歌合」にも「稲荷詣」の題があり、美作と式部大夫もろずみの歌がある。

二月の初午は、上にも記したように、早く紀貫之の頃から歌に詠まれ、月次屛風に取り上げられており、この流れが上に述べたように、歌合の歌題「稲荷詣」として用いられたのである。

この歌合から半世紀余りを経た永久四年（一一一六）に『永久百首』が行われた。この百首は源俊頼ら七歌人によって、先行の『堀河百首』に倣って催されたが、題は大きく異なり、春部に「稲荷詣」が組み込まれている。源顕仲の歌を掲げておこう。

いなり山しるしの杉をたづね来てあまねく人のかざす今日かな

なお『類題鈔』という歌題集成書によると、「刑部尚書源顕仲卿百題康和」という催しがあり、題が掲出されている（歌は残らない）。康和（一〇九九〜一一〇四）という年時を信ずるならば、この催しが最も早い組題百首（一定の題を組んでそれに依って詠む百首）となるが、(2) ここに「稲荷詣」の題がある。

このようにして年中行事中の歌題として「稲荷詣」が定着するが、これは「稲荷（詣）」に関わる本意が歌人間の共通の認識として成立したことを示していよう（「本意」とはその歌題の美的本質――それらしい美しさ――をいう。例えば「春雨」は柔らかく静かに降る所に美しさがある、というように）。「稲荷」では、神の威光の尊厳さを基盤として、大社とその周辺の情景・景物を詠い上げる。すなわち「稲荷山」「稲荷坂」の地、「しるしの杉」「三つの社」（上・中・下の社）、「鳥居」等々、そして多くの参詣する人々とそこから生まれる男女の出会い、また表現としては「登る」「下る」「越ゆ」「三つ」……等が多用され、このような素材・表現が詠歌に当って詠み込まれるという合意《コンセンサス》が平安後期には歌人間に定着したのである。それは一面において詠歌の類型化に繋がるが、同時に誰もが詠歌しうるという利点《メリット》が生じたのである。

このように稲荷が歌枕（和歌に詠まれる名所）として認識されると、伏見稲荷大社において、歌の会や歌合が催されるようになるのも自然であろう。

山家あかつきすずし、しげつねがいなりのやまもとの山荘にて詠ず
いなり山峰の杉むら風吹けばふもとさへこそすずしかりけれ
（『橘為仲集』一〇）

「しげつね」は武智麿流藤原成経で、その山荘における歌会である。為仲は後冷泉朝における受領層の、著名な数寄者の歌人であった。応徳二年（一〇八五）没しているので、それ以前に催行された会である。「山家暁涼し」題だが、稲荷山を望見しつつの詠である。

平安末から鎌倉初期にかけての著名な女性歌人建礼門院右京大夫の家集にある一続きの歌。

いなりの社の歌合

社頭朝鶯

まろねしてかへるあしたのしめの中に心にそむる鶯の声（三〇）

松間夕花

いりひさすみねのさくらやさきぬらむまつのたえまにたえぬしらくも（三一）

日中恋

契りおきしほどはちかくになりぬらむしをれにけりなあさがほの花（三二）

以下、三三「夜深き春雨」～五二「寄催馬楽恋《さいばらによするこひ》」まで題詠歌が並ぶ。この一連の歌を三〇の詞書「いなりの社の歌合」を受けるものとして、『夫木抄』は三六「暁喚子鳥」（『夫木抄』一八四一。以下、かっこ内は同抄の番号）、三八「古池杜若」（一二〇〇四）、四八「雨中草花」（四三八五）、五二「寄催馬楽恋」（一七一二四）を稲荷社歌合の歌とする。なお『平安朝歌合大成』（八）はこの歌合の時期を承安四年（一一七四）～安元二年（一一七六）の間とし、右の内三〇のみをこの歌合の歌とする。ただし『中世日記紀行文学全評釈集成』（二）所収の『右京大夫集』の校註者（辻勝美・野沢拓夫）は、当時の通例として、神社の奉納歌合の歌題では四季題二首に恋または述懐題一首を加えることが多いので「いなりの社の歌合」という詞書も、上記三首（三〇～三二）にかかると見ている。これが妥当な見解であろう。三〇番歌は「しめの中に」で稲荷社を表わし、三一番歌の「みね」は稲荷山である。何れもすっきりした詠みぶりである。

次に『覚綱集』の歌、

いなりにて或人、社辺花といふことをよみけるに

　みな人のねがひをみつのしめのうちにおもひひらくる花桜かな（四）

覚綱の伝の詳細は不明だが、治承・文治頃（一一八〇年前後）の歌人である。おそらくその前後の歌会詠と思われるが、「みつのしめ」は三社の注連《しめ》を指し、また人々の願望を「見」て花が開いたの意とを掛けている。

以上のような稲荷にての歌会や歌合の催行場所は、（注1）掲出の加納論文が指摘するように、会合の場所や宿舎の備わっている山麓の社殿であろう。かなり多くの歌人・数寄者が集まって社のゆかりの人々と詠歌し合っていたことが推察されよう。

また平安末期に著名な武人であり、歌人であった源三位頼政は、「法住寺の会」における「鹿声遠近」という題で、

　いなり山嶺かと聞けば杉の庵の窓の前にも牡《を》鹿鳴くなり（『頼政集』一九二）

と詠んでいる。この会はおそらく建春門院滋子（後白河院女御、安元二年一一七六薨去）主催の、嘉応頃のものかと思われる（松野陽一『藤原俊成の研究』参照）。法住寺は現在の三十三間堂近くにあった寺で、題によって、おそらく稲荷山を望見しつつ、杉近くの庵の窓辺に鳴く鹿の姿に想いを馳せ、具体的《リアル》な形で描いたものであろう。

この頃、京の歌林苑という僧房の歌会で、歌僧俊恵《しゅんえ》（源俊頼の子）は「稲荷詣」を詠んでいる（『林葉集』九八）。稲荷の本意が深化・普遍化する様が窺われる。

歌会において本意に導かれつつ題詠によって詠歌することの一般化は、和歌史における中世への変化の相が、いよいよ明確化して来たことを示しているのである。

3　稲荷と中世和歌（一）

鎌倉時代に入ると、『新古今集』が撰進される。その有力歌人である藤原良経の家集『秋篠月清集』（一八四）、慈円の家集『拾玉集』（三三一・二六六〇）、藤原家隆の家集『壬二集《みに》』（一五八〇）にも「稲荷山」の歌がみえ、また正治二年一二〇〇後鳥羽院に進上した『正治初度百首』の藤原隆房歌（八九五）、六条家の経家の歌（一〇九八）にも、そして少し時代が下るが有名な源実朝の『金槐集』（六二九）にも「稲荷」の歌がみえる。以上から一、二掲げておこう。

稲荷山杉の庵のあけぼのに窓よりかよふさを鹿の声（家隆）

村烏梢の床をあらそひて稲荷の杉にゆふかけてなく（隆房）

さよふけていなりの山の杉の葉に白くも霜のおきにけるかな（実朝）

何れも題詠歌で、実朝歌は勿論伝統的な詠み方を模してのものだが、眼前の景をそのまま写したように詠む。

鎌倉中期に入って、家良・為家・知家・信実・光俊（いずれも藤原氏）という当代一流の歌人が、『古今六帖』題で詠歌し、寛元元年一二四三、二年頃『新撰六帖題和歌』（類題集）が編まれるが、その中で、

稲荷山杉の青葉をかざしつつ帰るはしるきけふの諸人（三八、知家、「なかの春」）

二月《きさらぎ》や今日初午のしるしとて稲荷の杉はもとつはもなし（四〇、光俊、「なかの春」）

などの詠が見えている。

右のメンバーの一人信実は歌人としても画人としても著名であるが、私撰集『万代集』（光俊＝法名真観が初撰本の、家良が奏覧本の撰者）に次の歌がある。

稲荷社歌合に河上月を

みちのべの川音はやみ寒き夜に瀬枕みえて澄める月影（三九一一）

道の辺の川の瀬音が速くなった寒夜、水の盛り上りが澄んだ月光に照らされて見えている。

稲荷社において行われた歌合であると詞書にあるが、『信実集』には「家に五社歌合とて人々をすすめ侍りしに」（一二）とあって、自邸で催した五社歌合の一である。家集一七〇・一七一によると、五社の内、北野と春日とが知られる。『信実集』は宝治元、二年（一二四七、八）頃の、『万代集』は同二、三年頃の成立と思われるので、両集の詞書から推測すると、自邸で行った歌合を、各社頭で再び歌合の形式で披講し、奉納したのではなかろうか。何れにしろ宝治元年以前の催行である。また「稲荷の社に詣でて奉りける十五首の歌の中に　前権僧正教範」として「頼もしなのりのまもりと跡たれし神のしるしの杉のむらだち」（『続門葉集』《しょくもんようしゅう》九八四）とあるのを見ても、奉納歌は絶えず行われていたと思われる（『続門葉集』は醍醐寺関係者による私撰集。嘉元三年一三〇五成る）。

延慶三年一三一〇頃、冷泉為相門の勝間田長清によって私撰集『夫木抄』が成立する。一万七千余首の歌を集めた貴重な集である。注意される詠を少し掲げる。

稲荷社百首　権僧正公朝

しなてるや片山雉子《きぎす》餌《ゑ》にうゑてふせる日ぐらしあはれ子を思ふ（一七七九）

稲荷社百首　権僧正公朝

たつた路のをぐらのみねに散る花は滝の上よりこゆるなみかも（九三二八）

弘安三年稲荷社百首　安嘉門院四条

七夕のいほはた衣きぬぎぬに天の川波立ちわかるらし（四〇七七）

弘安三年稲荷社百首　安嘉門院四条

さのみなどかもめむれゐるみづの江にあともなき名の立ちさわぐらん（七〇一〇）

公朝は三井寺の僧。閑院流藤原実文の子。鎌倉幕府の評定衆北条（名越）朝時の猶子。弘長頃（一二六〇年代初め）からほぼ鎌倉を本拠とした。歌人としての力量も高く、鎌倉歌壇の代表歌人であった。永仁四年（一二九六）没。[3] 右の稲荷社百首は、若年の在京時か、あるいは鎌倉から時々上京した折に伏見稲荷大社へ奉納した百首か、また鎌倉辺の稲荷社への奉納歌か、にわかに断定できない。

安嘉門院四条は出家後、阿仏尼と称した著名な女性である。為家の後妻で、為家との間にもうけた為相に譲られた播磨国細川庄地頭職を、為家と前妻との間の長子為氏が取得してしまったので、為家の死後、弘安二年（一二七九）十月十六日に阿仏尼下向、幕府に訴えたのである。その折に記されたのが『十六夜日記』であるが、阿仏尼は勝訴を祈って関東の十社に（ほぼ掘河百首題による）各百首（計千首）を奉納した。その折の千首の内、五百首が『安嘉門院四条五百首』（『新編国歌大観』十などに所収）として現存する。

初めに、百首歌前部の大部分が欠けて雑部の末尾歌と思われる六首と弘安三年正月十九日に奉納した旨を記す跋文とが存在する。そのあと、五ヶ度の百首（五百首）があり、各跋文に、今熊野（弘安三年四月）、荏柄（三年六月）、新賀茂（四年三月）、新日吉（四年三月）、鹿島（四年九月）に奉納したことが記されている。なお散逸した他の五社は『夫木抄』によって走湯山・箱根・三島・若宮・稲荷社であることが知られ、前引『夫木抄』の二首は稲荷社百首の中の歌と見られる。また上記の五百首の前にある雑部六首・跋文とは稲荷社百首の末尾部分かと思われ、なおその稲荷社は「現在の、鎌倉にある佐助稲荷か」（田辺麻友美）、「鶴岡八幡宮のうちにある……稲荷社であったと考えられる」（島津忠夫）などの推測がある。[4]

鎌倉後期、後深草院に仕えた女房二条の日記に『とはずがたり』がある。院に愛せられた二条が、嘉元三年（一三〇五）院の葬送の車を裸足で追う場面。この作品の最も印象的な場面の一つである。車に次第に遅れて洛南の藤の森辺で会った男性に車の行方を尋ねると、「稲荷の御前をば御通りあるまじき程に」と答えられ、ようやく火葬の煙を遠くから望んだ記事がある。一般の葬送の車は勿論だが、帝の葬送の車も、稲荷の神威と清浄さを侵すことはできなかった。

後深草院の系統が持明院統で、院の弟亀山院の系統が大覚寺統である。和歌の家御子左家は建治元年（一二七五）為家の死後、為氏―為世の二条家、為教―為兼の京極家、阿仏尼―為相の冷泉家と分裂し、二条家は伝統的な歌風を守って大覚寺統の庇護を受け、京極家の為兼は持明院統と結合して対抗、清新な歌風を樹立し、冷泉家は鎌倉で武家と親近し、京極家に近かった。

正和四年（一三一五）二月といえば、持明院統の伏見天皇の治世で、二条家は歌壇での覇権から遠ざかっていた時期で、一門の人々の結束をはかって二条家の人々は東山法性寺の辺で花十首の会を催した。二条家の有力歌人為藤は、

　　稲荷山杉の梢をよそに見て花こそ今日は挿頭《かざし》なりけれ

と詠じた。今日は稲荷山の杉の梢を遠望して、この東山の花を挿頭（髪かざり）にすることだ、と稲荷山をめぐる洛南の景を叙しつつ花盛りを堪能する。

為藤は正中元年（一三二四）五十歳で没するが、姉妹為子（為世女為子、正和二年頃没）は尊治親王（のちの後醍醐天皇）の寵を受けて応長元年（一三一一）頃、宗良《むねよし（なが）》親王を生んだ。為藤には甥に当たる。宗良は初め出家して尊澄法親王《そんちょうほっしんのう》と称し、妙法院・延暦寺に入り、天台座主《ざす》になったが、南北朝の動乱が開始されると還俗、南朝方の闘将として遠江・越後・越中・信濃に転戦した。二条家の血を引き、歌人としても勝れていた。家集『李《り》花集《かしゅう》』に次の歌が見える。

（興国三年（一三四二）越中国に住み侍りし比、羈中百首を詠み侍りける中に）稲荷を

いなり山いのりしことのしるしもやかつがつみつの社なるらむ（八六七）

「みつ」が三つの社と「見つ」の掛詞。稲荷の神を祈って（奮闘したので）どうにか希望が見られるようになった。これも神に祈った甲斐があったからか、と戦塵の中での思いを表白している。

文中三年（一三七四）吉野に帰山。南朝の人々に和歌を指導。天授二、三年（一三七六、七）には「天授千首」という大規模な千首和歌が催された。現在完本で残っているのは宗良千首と、南朝の公卿花山院長親（のち出家して耕雲という）の千首だが、これは「中院亭千首」（藤原為家の出題した千首題。歌は残らず題のみ現存）に依っており、その内の「神祇二十首」に「稲荷」の題がある。両者の詠を掲げておく。

さりともといなりの山の滝の水かへりてすまん世を祈るかな（宗良）

祈れども神はいなりの山なれや我が思ふことの末もかなはぬ（長親）

共に南朝の本拠地吉野における詠である。宗良は帰京を切実に祈り、長親は願いをなかなか聞き届けてくれず（「いなり」と「否ぶ」を掛けているようだ）衰退して行く南朝勢力の挽回を志して苦闘している嘆きを訴えている。南朝の人々の苦しい境涯を反映している歌として興味深い。

なお「稲荷詣」でなく、単に「稲荷」という歌題は、管見に入った限りでは上記「中院亭千首」（鎌倉中期頃成立か）にみえるものが古いが、この千首の場合には春季ではなく、雑部または神祇部の題である。

次に、北朝（京都側）に眼を転じよう。

左兵衛督直義《ただよし》、稲荷に奉納し侍りける十首歌の中に、月を

前左大臣

やはらぐる光をみつの玉垣にほかよりもすむ秋の夜の月

（『風雅集』神祇歌、二一一三）

右の歌については岩佐美代子氏の適切な訳を引用する。「きびしい神意を和らげた豊かな光を満ち溢れさせて、稲荷の上中下三社の玉垣に、他の場所よりもはるかに澄み切って見える、秋の夜の月よ」（『風雅和歌集全注釈』下）。直義（一三〇六〜五二）は足利尊氏の同母弟。政治的手腕もあり、教養も高く、信仰心も厚かった。和歌にも勝れ、勅撰集『風雅集』には十首入集。この奉納歌は、直義が政務を執っていた暦応から貞和頃（一三四〇年代）の勧進であろう。歌の作者「前左大臣」は洞院公賢（一二九一〜一三六〇）。歌人としても名のある身分の高い廷臣であった。なお直義勧進の稲荷社奉納和歌は、二条家系歌人の惟宗光吉（一二七四〜一三五二。医師、中級廷臣）の家集『光吉集』にもみえている（三二一・一五三）。このように人々が奉納歌に応じたのは直義の勢威によるというよりも、稲荷の神への信仰心の厚さによるものであることは勿論である。

4　稲荷と中世和歌（二）

室町時代に入ってまもなく、伏見の地に関して一つ述べておきたいことがある。

南北朝中期に、持明院統は崇光《すこう》院流と後光厳院流に分裂し、後者が後円融―後小松―称光と天皇位を嗣ぎ、崇光院流は不遇な立場にあった。崇光院の皇子栄仁親王は応永十六年（一四〇九）嵯峨より伏見庄に還り、次子貞成《さだふさ》王は十八年伏見御所で元服、父や兄治仁王の没後、二十四年伏見宮家を相続する。正長元年（一四二八）称光天皇の崩御に伴って貞成の長子彦仁が践祚（後花園天皇）、永享七年（一四三五）十二月貞成が京都一条東洞院の新邸に還るまで、二十余年を伏見御所に過した（貞成は一四五六年薨去。諡《おくりな》は後崇光院）。この間、実に頻繁に歌会・歌合・連歌会などを催した。(5) ただそのメンバーは貞成周辺の、主として今出川・庭田一族の人々で、グループとしては大きなものではなく、後花園天皇践祚以後、永享期に入ると宮廷との関わりは密になるが、大づかみにいうと、歌壇的には傍流的存在であった。なお伏見御所は伏見庄の南部、宇治川に近く、伏見北部の大社とは距離がある。伏見宮関係の歌集には「稲荷」の歌はない。貞成の『看聞日記《かんもんにっき》』永享七年十二月十二日の条に、「早旦物詣、先稲荷社、次清水、次因幡堂……」とあり、これは貞成が伏見御所を離れて京に戻る折の挨拶のための参詣かと見られ、稲荷社と全く無縁であったわけではないようだが、（伏見殿グループの閉鎖性などもあって）和歌の面での交流はなかったようだ。

総じて室町期和歌では「稲荷」に関わる歌は余り多く残っていない。室町期には歌人層の増大に伴なう大量詠作が残存しているが、翻刻されている歌は率からいって却って少ないという事情もあろう。その中で古典歌人中最大の量を残した正徹（室町前期の歌人）の『草根集』に七首、また室町初期の冷泉為尹《ためまさ》千首（中院亭千首題）、三条西実隆（室町中期の歌人）の歌集『雪玉集』、正徹の対抗者であった二条派の尭孝の家集、正徹門の正広《しょうこう》の家集『松下集』、そして室町期の宮廷歌会集『公宴続歌《こうえんつぎうた》』などに若干見える程度である。

二月の午ならねども稲荷山さかの名しるく越ゆるかりがね　（『草根集』八一六、『私家集大成』に依る。「帰雁」題）

稲荷山杉の葉かざし祈りつる君が常盤のしるしをぞ見る　（『公宴続歌』寛正四年閏六月二十五日。正親町公澄。「杉」題）

苦しくも人の心の稲荷坂こえてぞ神のめぐみをば知る　（同、永正十六年七月二十五日、冷泉宗清。「祈逢恋」題）

これらによっても知られるように、稲荷の神の威光への讃仰・祈願を基盤として、「しるしの杉」「初午」「稲荷坂」……の風景・景物を織り込み、情景を鮮明に描き、また大社をめぐる人々の動きや出会いをすっきりとした形で詠んだ題詠歌が、中世における稲荷歌の中心であった。繰返していえば、稲荷の本意に則し、伝統的な詠風をきちんと踏まえて、絶えることなく詠み継がれたということができるであろう。

5　終りに

近世（江戸時代）について触れておく。

近世の和歌資料は厖大なものがあると見られるが、現在その総合的整理あるいは翻刻はきわめて不充分である。その詠歌の大部分が活字化されているのは木下長嘯子《ちょうしょうし》・契沖・賀茂真淵ほかの著名歌人くらいであろうか。『新編国歌大観』には近世和歌の個人歌集は一冊に収められているに過ぎない。しかしその『大観』から推測しても、中世より「稲荷」に関わる歌は、おそらく多いと見られる。なお近世は和歌が広い階層に浸透している。前代までの公家・上級武家・僧侶・女房らの外から多くのすぐれた歌人が輩出する。この人々も多く稲荷の歌を詠じているが、伝統的な詠風と同時に現実感のある歌が多くなるようだ。数首を掲げて結びに代えよう。

　いなりの祭の日
稲荷山今日は嬉しき祭とて都のたつみにぎはひにけり　（松永貞徳『逍遊集』二六九九）

　享保十二年（一七二七）正月ついたちつとに御社にまうでて
　　　　荷田宿禰東麻呂
稲荷山ほがらほがらとあくる夜に名のる鳥の声ぞ春なる　（『八十浦之玉』二一一三）

　（事につき折にふれたる）
帰るにはまだ日も高し稲荷山伏見の梅のさかり見てこむ　（香川景樹『桂園一枝拾遺』四二四）

　初午詣
稲荷坂見上ぐる朱の大鳥居ゆり動かして人のぼりくる　（橘曙覧《あけみ》『志濃夫廼舎《しのぶのや》歌集』六七〇）

注

（1）「稲荷」（社・宮・山・坂など）に関わる和歌を収める資料（主として歌集）は、勅撰和歌集（以下、原則として「和歌」を省記する）では『拾遺集』以下、私撰集および類題集では『古今六帖』『後葉集』以下（とりわけ『夫木抄』に多い）、私家集では『貫之集』『伊勢集』など多くの集、定数歌（百首・五十首など、一定の数を決めて歌をまとめたもの）では『永久百首』ほかがある。

編纂の書で中世までの歌を多く収めるものとしては、伏見稲荷大社編『伏見稲荷大社年表』（昭和37発行）の「稲荷和歌抄」、ひめまつの会編『平安和歌歌枕地名索引』（昭和47、大学堂書店）などがある。なお現在、『私家集大成』（七巻八冊、昭和48～51、明治書院）、『新編国歌大観』（十巻二十冊、'83～'92、角川書店）の二つの叢書によって、更に多くの関係者を採録し得る。

なお本稿を草するに当たって参照することの多かった論考を、管見に入った限りで掲出する。

廣川勝美「稲荷山―歌枕から名所へ―」、加納重文「稲荷詣の道」、濱口博章「稲荷大社と古典和歌」（以上、『朱』第四十四号、'01）、関口力「そのころの伏見・稲荷」（『大いなり』、'98）、「稲荷祭と市廛商人」・「平安時代における伏見・稲荷素描」（『摂関時代文化史研究』［'07、思文閣出版］）。＊

（2）『類題鈔』は国立歴史民俗博物館蔵。影印・翻刻がある（「類題鈔」研究会編。'94、笠間書院刊）。顕仲百首題については井上「「類題鈔（明題抄）」について―歌題集成書の資料的価値―」（『国語と国文学』'90・7参照）。

（3）公朝については中川博夫「僧正公朝について―その伝と歌壇的地位―」（『国語と国文学』昭和58・9）に詳しい。

（4）以上、阿仏尼に関しては以下の論著を参照した。島津忠夫「安嘉門院四条五百首と十六夜日記」（『国語国文』昭和37・1、のち『和歌文学史の研究 和歌編』および『島津忠夫著作集』八所収）、簗瀬一雄編『校註阿仏尼全集増補版』（昭和56、風間書房）、稲田利徳「いま一本の『阿仏尼詠五百首』―（付）薬師蔵歌書類管見ノート―」（『和歌史研究会会報』31・32合併号、昭和43・11）、田辺麻友美「『安嘉門院四条五百首』―『十六夜日記』との関わりを中心に―」（『和歌文学研究』75、'97・12）。

（5）資料は『私家集大成』『新編国歌大観』『図書寮叢刊　後崇光院歌合詠草類』等に所収。また横井清『看聞御記』（昭和54、

そしえて)、位藤邦生『伏見宮貞成の文学』('91、清文堂)、井上『中世歌壇史の研究　室町前期〔改訂新版〕』(昭和59、風間書房)、伊藤敬『室町時代和歌史論』('05、新典社)参照。

＊(追記) 吉海直人「和泉式部説話と稲荷詣―「あおかりしより」歌をめぐって―」(『朱』第46集、'03・三)

第六章　南朝の和歌について

南北朝時代とは、形式的には、後醍醐天皇が、延元元年（建武三年、一三三六）に、京都から吉野に蒙塵して、そののち元中九年（明徳三年、一三九二）に、南朝と北朝とが合体するまでの時期を指します。しかし、直接的な原因として、その前の元弘の乱と建武新政という時期をいちおう含めるのが便宜とされています。余り窮屈に考えず、以下の考察を行いたいと思います。

吉野を中心とした南朝和歌について、その根本史料は、新葉集、李花集、嘉喜門院集、三千首和歌（後記）、三百番歌合、五百番歌合、宗良・耕雲・師兼等の千首があり、和歌というジャンル以外では、太平記・神皇正統記・吉野拾遺ほかの書があります。以上の内、（南朝）三百番歌合については拙著『南北朝期』に紹介いたしましたし、外の多くは著名なものですから紹介は省略します。一つだけ、古来問題の存する吉野拾遺について一言し、なお時代背景の大筋、吉野のイメージ（本意）について略述し、南朝和歌について私見を簡単に述べたいと思います。

皇統の分立

まず皇室系図を掲げておきます。

少しだけコメント致しますと、88代の後嵯峨天皇は北条氏の支えによって天皇になった人です。そのためにあまり政治的なことに関わらないで、結局長男の後深草院よりも次男の亀山天皇を愛して、亀山天皇の子孫に天皇の位を伝えていこうと内々に考えていたらしい。ところが、北条氏をはばかって、はっきり意志表示をしないままに亡くなってしまった。そこで亀山・後宇多と続くことに対抗して、後深草院が、私の方は何の落ち度もないのに天皇の位からシャットアウトされたというので、政治的な駆け引きがあって、結局ご存知のように交互交代で天皇が二つの系統から出るようになる。これが有名な皇統の分立あるいは分裂といろんな言い方をされていますけれども、鎌倉の末期に皇室が分裂するわけです。そしてその長男の方を持明院統、亀山天皇の方を大覚寺統というように言っております。

［皇室系図］

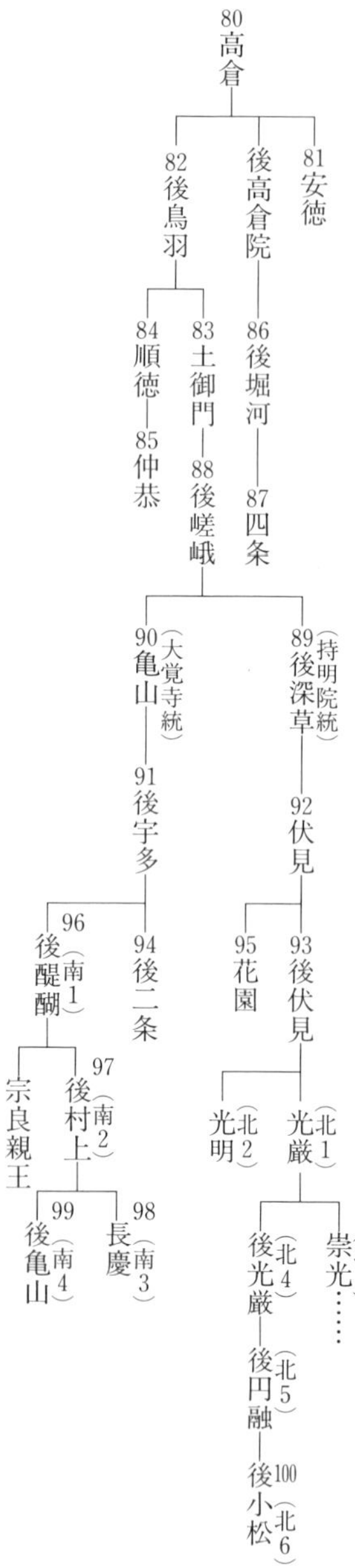

これが結局南北朝に分かれるわけですね。系図にございますように、括弧して北1北2と書きましたのは、北朝側の天皇で、それに対して括弧して南1南2とある方が、南朝側の天皇であるというのは申し上げるまでもないと思います。

天皇の方の歴代の数え方というのは、私も宮内庁の役人に正式に聞いたわけではないので制度的なことははっきりわからないのですけれども、一応現在は、北朝と南朝の天皇は両方とも天皇として認められているそうです。戦前は北朝の天皇は、院という称号で正式な天皇とは認められませんでした。ご存知のように陵に参りますと、宮内庁の警備の人が、今ではいくつかの御陵を一人で掛け持って、いわば整備をしておられるらしいのですけれども、その方に頼みますと、御陵印と言う印、つまりはんこを押してくれるわけです。なかなか上品な印です。五年ほど前だったと思いますが、ある御陵の前を通りかかったので、ちょうど宮内庁の方もおられたので、御陵印を下さいと言ったら、ここには御陵印はないと言われ、なぜないかと聞いたら、ちょっと困った顔をして、実はここは北朝の天皇の陵で、戦前からここにはないのだと言われました。つまり、北朝の天皇には御陵印がないというのは、戦前正式な天皇というふうには待遇されなかったからだと思います。

そういうことになったのは、ご存知の南北正閏論という問題が、明治四十三年から四年にかけてありました。どちらが正統な王朝であるかという議論が起こって、国会、当時の帝国議会の政治問題になったわけです。桂太郎という総理大臣が、明治天皇の裁断を仰いだのです。明治天皇はご存知じのように現在の天皇のひいおじいさんにあたり、当然北朝方の子孫ということになります。しかし、いわゆる大義名分から言ってどちらが正統であるかという問題を追求して結局南朝が正しいという採決を下して、それ以後、建て前としては南北朝という言葉が使えなくなって吉野朝という言葉を使うようになり、かつ南朝方を正式な歴代として数えるという形になったと思います。

この南北朝時代というのは、年号も両方にひとつずつあるわけです。それから関白、太政大臣、左大臣、右大臣あるいは大納言、中納言というような人々も南朝北朝それぞれにいるわけです。こういう形で朝廷がというか、国家制度が二手にはっきり分かれていた時代であるわけであります。

和歌の家の分裂

次に、和歌の家のことについて申上げます。

ごく簡単に申しますと、有名な俊成、定家という大歌人を出した歌の家が、鎌倉の中期ぐらいに、為家という人の子供、為氏、為教、為相《ためすけ》を祖とする三家に分裂するわけですね。まず二条家というのは伝統的で優美な歌を作ると言われています。それに対して京極家は非常に清新な歌を作り、そして冷泉家は、どちらかといいますと京極家に近い

[御《み》子左《こひだり》家系図]

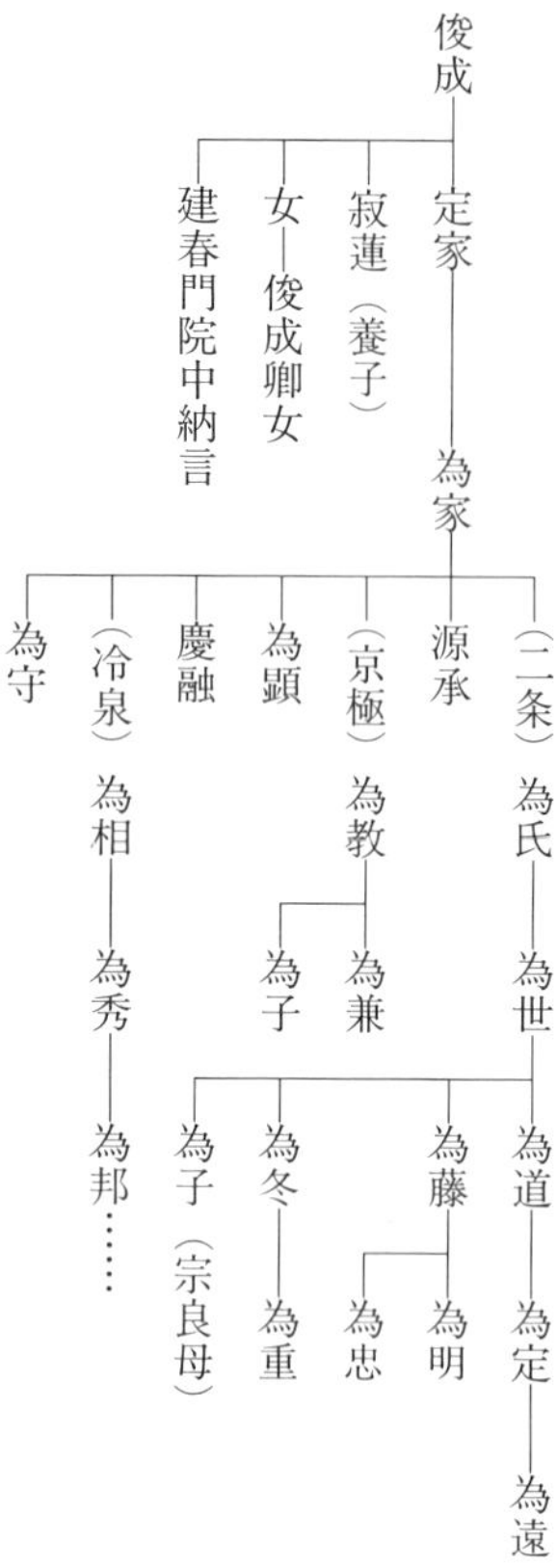

立場にあったと考えられています。この三家で現存しているのは、ご存知の京都の冷泉家だけでございます。分裂しただけならまだいいんですけれども、これが政治的な皇統の分裂と結びつくという所に非常に大きな、鎌倉の末から南北朝期にかけての和歌史上の問題があるわけです。大ざっぱに申しますと、二条家は大覚寺統と、京極家は持明院統と結びつく。冷泉家はどちらかというと武士と親しかったわけですけれども、京極家に近いために比較的持明院統と結びつきが強かったというようになります。したがって大覚寺統系の南朝の天皇及びそのグループの人は二条家に非常に近い。為子という女性は二人いるんですが、為世の娘の為子は、後醍醐天皇に寵愛されて、宗良親王（一三一一？〜？）を生んでおりました。なお宗良は昔はむねなが親王と読んでいましたが、現在はむねよしと言う方がいいといわれていますが、このように二条家と大覚寺統が近い存在であったということをまず申し上げておきたいと思います。

『吉野拾遺』について

一つだけここで言及しておく必要がありますのは、一三五八年に出来たと言われている『吉野拾遺《よしのしゅうい》』という作品です。一番最後に「正平つちのといぬのとし隠士松翁《いんししょうおう》」という奥書がございます。ところが正平という年号の間には、つちのといぬという年がありませんので、これはあるいはつちのえいぬの間違いではないか、正平十三年の成立ではないかと言われています。南北朝のまっただ中に吉野を中心として吉野のいろんな逸話を掲げた作品として、面白いことは面白いんですが、少し面白すぎます。

先帝の御時、世の中うつりかはりもて来て、吉野の仮宮《かりみや》にわたらせ給ひ、憂かりし年も、事のさわぎのうちにくれはてて、春立つといふばかりなる御節会のさまもいとかなし。如月《きさらぎ》の半ばすぎゆくほどに、御庭の桜のやうやう咲き出でたるを御覧ぜさせ給ひて、勾当の内侍に仰せられける御歌、

　ここにても雲ゐのさくら咲きにけりただかりそめの宿と思へど　（＊新葉八三）

（中略）

同じ頃、兼好法師が玉津島へ詣でたまへるとて、たづねおはせしに、いにしへ深く契りし中なりければ、いとうれしくて、昔今の物語しけるに、（下略）〈『評釈』による〉

一番最初に「先帝の御時、世の中うつりかはりもて来て、吉野の仮宮にわたらせ給ひ」という文章がありまして、「ここにても」という後醍醐天皇の歌があり、このあとちょっと説話的な短い話があります。「中略」と書きました後に、兼好の話が出てくる。兼好という人は、今でこそ誰でも知っている『徒然草』の作者ですけれども南北朝時代には一人の遁世者の歌人であって、とりわけて有名な人ではない。特に敬語を使って表すような人ではない。兼好に関する逸話、説話がいくつか載っているわけですけれども、兼好のような人が、有名になるのは、時代が下りました室町時代ぐらいからだと考えられています。つまり、『吉野拾遺』という作品は、別にそれだけが証拠ではないんですけれども、説話化しすぎて面白い所があって、どうも兼好と同時代の作品とは考えられない。歴史学者なんか非常に辛く採点しまして、これは江戸初期の成立だろうというように言っていますが、しかしそこまでは考えないのですが、少なくとも室町時代の作品だろう。室町の中期ぐらいの作品ではないか、と一応考えています。私はこの専門家ではございませんので、断定もできませんけれども。

吉野のイメージ

さて、次の問題として、吉野について申したいと思います。吉野というのは非常に広い所を指すわけでして、万葉時代の吉野は今の吉野とは少し場所も違っているわけです。『萬葉集』には山の吉野というのは少ないわけで、宮滝のあたりを中心にした川の吉野の歌が多かったというようにいわれています。だいたい山岳信仰と結びついた神秘的なイメージというのがありました。それは同時に隠遁の地であった、あるいは隠れ家としての場所であったのでしょう。源平の動乱期には源義経の逃げていくのがやはり吉野であった。もっと古く、大海人《おおあま》皇子、後の天武天皇が近江から脱出してわが身を吉野に運ぶと、お后になった持統天皇もこの後を追いかけて来て、壬申《じんしん》の乱は結局吉野を起点として展開するので、これも隠れ家としての吉野を象徴している面があるのではないかと思います。

次に例えば、『古今和歌集』の三番目の「春霞たてるやいづこみよしのの吉野の山に雪はふりつつ」の歌のような、非常に山の深い、雪の深い地であるというふうにイメージされて来ます。この吉野が、花の吉野になったのはいつごろかというのは、かなりいろいろな意見があるわけですが、『古今集』の序文に「春の朝《あした》吉野の山の桜は人麿が心には雪かとのみなむ覚えける」というような言葉があるのを見ますと、『古今集』の時代にも吉野の桜ということは認識されてはいたようです。平安時代中期の作品にももちろん桜の吉野という話も無いわけではない。しかしこれは「歌枕・吉野」（『古典文学に見る吉野』）で片桐洋一先生のいわれるように、平安時代の吉野というのは必ずしも花というのが前面に押し出されていない。それが強く押し出されるようになったのが西行あたりからだ、というわけです。ただ『千載《せんざい》和歌集』の、つまり平安末期の西行の時代に、花の吉野ということが問題になってくるのは、かなり前から吉野に花が詠まれるようになったからではないかとも思われます。そして平安の末期から中世にかけてはもう花の吉野であることは問題ない。歌でそういうふうに扱われているわけだし、実際でも花が多かったろうと思われます。

南朝歌壇の区分

南朝の歌壇の推移をごく大ざっぱに申しますと、だいたい後醍醐天皇の吉野への脱出以来南北両朝が合体するまでの間は、大きく四つくらいの期間に分けられるのではないかと思います。一三三六年から五一年くらいまでが南朝歌壇の形成される時期であると考えられます。後醍醐天皇と後村上天皇初期の時代。次は一三五一年から一三六八年まで。後村上天皇という人は非常に歌が好きだったのですが、この後村上天皇を中心とした時期でして、いわば発展期と考えられます。そして後村上天皇の崩御が一三六八年の三月ですが、この後を受けた長慶天皇の時代一三六八年から一三八三年までが宗良親王を指導者とした南朝歌壇の最盛期です。そしてそれ以後一三八三年から九二年まで後亀山天皇の時代ですが、その時代を衰退期ととらえていいと思います。

さて、ここで吉野の歌の一般的な歌の読み方を一言しておきます。「みよし野のよしのの桜咲きしより一日も雲のたたぬ日ぞなき」（風雅集一五二、為定）雲が花のようだ、花が雲のようだといった歌です。「たづね行く道も桜をみよしのの花の盛りの奥ぞゆかしき」（同一八九、為基）たずね行く道も桜が一杯見える、この奥はいったいどうなんだろうかという歌だと思いますが、花が雲のようである。あるいは霞のようである。そういう捉え方で詠んだ歌だと思います。最初の為定という人は、宗良親王の従兄弟であり、為基も御子左《みこひだり》家の歌人です。はたして二人とも吉野の花を見たことがあるかどうかわかりませんが、吉野は花の山であるというので、見なくとも、いわゆる歌人は居ながらにして名所を知るという形で歌を詠んでいるわけです。これが大体当時の普通の歌の詠み方であるように思われます。実は、二条派の系統を引く南朝の歌人達も歌をそんなにこれとは違わない詠み方をしています。しかし南朝和歌にはそれに止まらない特色があります。一首一首読んで解説するのはたいへんなので、幾つかを選んでお話申し上げます。まず「叙景—吉野とその周辺」として、そういった歌を掲げます。歌番号は『新編国歌大観』に依りました。

南朝和歌—叙景歌について—

叙景—吉野とその周辺

千首歌奉りし時、峰の花を　　右近大将長親

① 月残る嶺の梢は明けやらで風にわかるる花の横雲　　（新葉一三七、長親千首）

賀名生の行宮にて人々歌詠み侍りける中に　　冷泉入道前右大臣（公泰）

② 忘れめや御垣に近き丹生川の流れに浮きて下る秋霧　　（同三〇三）

芳野の行宮にて五月雨晴間なかりけるころ雨師の社へ止雨の奉幣使などたてられける時、思召し続けさせ給ける　　後醍醐天皇御製

③ この里は丹生の河上ほど近し祈らば晴れよ五月雨の空　　（同一〇七二）

嶺花　　関白（教頼）

④ 花ならし尋ねて見ばやみ吉野の青根の奥にかすむ白雲　　（三千首和歌）

山月

⑤　月の澄む水分山は霧晴れて神さびまさる峰の松風　（長親千首）
⑥　たづねつつ分け入るままに咲く花の匂ひも深しみよしのの奥　（嘉喜門院集）
伝後醍醐天皇
⑦　花に寝てよしや吉野の吉水の枕の下を石走る音　（和州巡覧記、貝原益軒著）
立春の心を詠ませ給ひける　後村上院御製
⑧　出づる日に春の光はあらはれて年たちかへる天のかぐ山　（新葉一）
春川
⑨　いもせ山うつろふ花の中に落つる芳野の川よ浪かあらぬか　（宗良親王千首）
花雲
⑩　咲きぬれば桜こきまぜ青柳のかづらき山にかかる白雲　（宗良親王千首）
羇中原
⑪　草枕夕風さむき大和路に誰か衣を春日野の原　（長親千首）
河柳　女房（長慶天皇）
⑫　風わたる六田の河の柳かげなびくもかすむ春の夕暮　（三千首和歌）

まず①ですが、作者は右近大将長親。これは後でも出てきますが、のち耕雲と号した非常に優れた学者でもあり歌人でもあった人です。花が雲のようにたなびいているという風景ですね。「嶺の梢は明けやらで」これはおそらく吉野の情景ではないかと考えられます。②は仮の御所である賀名生に近い丹生川の流れに秋の霧が浮いては下っていく、この面白い情景を忘れることがあろうかという歌です。今、賀名生の堀家が行宮の跡といわれ、そのすぐ近くに丹生川が流れています。実際の御所がどういう形であったのかよく分かりませんけれども、状況は賀名生に行ってみるとよく分かりますね。これは賀名生の実景に近いのではないかという感じが致します。実際の目で詠んだある種の力強さ、それからうまさというものがある歌です。③は後醍醐天皇ですね。雨師の社は雨が無い時には雨を乞い、雨の多い時には雨を呼ばない神様。雨の神様なんです。この吉野は丹生の河上が近い、だから神様に祈るから晴れてくれ、という、これは吉野における天皇の歌としてリアリティがある、面白い歌だと思います。④は吉野の青根、その青根の嶽の奥に白雲が霞んでいる。花が咲いたのではないかしら、尋ねてみたいものだ。これも実際を詠んだ歌ではないかという感じが致します。（肩にある／については後述）⑤もやはり吉野の水分神社の景を詠んだものでしょう。⑥は後村上天皇の女御《にょうご》であったと思われる嘉喜門院《かきもんいん》という女性の歌で、比較的やさしい歌が多いようです。これも感受性の細かい、いい歌ではないかと思います。

次の⑦は実は問題の歌でして私は中学時代にこの歌を読んだことがあります。おもしろい歌だなあと感じました。「よしや吉野の吉水の」と非常に調子がいい。「よしや」というのは「まあ花に寝てこれもいいや」という感じなんですが、この吉野の吉水の花のあたりに寝てそれもいいじゃないか。そういえば枕の下には急流の音がしている。調子よく面白い歌ですが、古い文献には出てこない歌です。川田順《かわだじゅん》という名前をご存知の方も多いと思います。歌人としては佐佐木信綱《ささきのぶつな》の弟子だし、研究者としてもいろんな本を書かれた人だし、それから戦前は住友合資の役員として関西実業界では非常に大きな力を持っていた人だと言われるわけですけれども、その川田順に『吉野朝の悲歌』という、かつてたいへん有名であった本があり、皇国史観と言いましょうか、吉野朝史観と申しましょうか、戦争中の匂いが強すぎるということがあるのですけれど、それを省いて読みますと、たいへん面白い本です。そこで川田さんがこの歌を『和州巡覧記』に載っている後醍醐天皇の歌として味わっています。実際は後醍醐天皇の歌かどうかかなり微妙なのですが、何となく後醍醐天皇の歌かなという気も致します。天皇のでないとしても吉野で詠まれた歌のような感が致します。いわば伝後醍醐天皇作ということになります。

⑧は大和の名所歌枕を詠んだ歌。さすがに『新葉集』というのは大和関係の歌というのが多いと思います。やはりそれは実際に見たからでしょう。なおこの歌は『新葉集』の巻頭の歌ですね。一番最初の歌です。巻頭の歌というのは、スケールの大きな、格調の高い歌を置きます。これもそういう感じの歌です。ただ現在天の香具山をご覧になっている方が、あれはそんなに雄大な山ではないといわれるでしょう。百四十八メートルですからちっとも雄大ではないんですが、当時の人、中世の人は天の香具山は非常に崇高壮大な山であると思っていたのです。平安時代になって京都の貴族が奈良まではやってくる、特に藤原氏のお公家さんは興福寺や春日大社に参詣するためにしょっちゅう来るわけです。ところが奈良までは来ますが、大和三山までは行かないわけです。ですから天の香具山というのは頭の中で神話などと結びついて崇高な山であるというイメージができ、それが次第次第に増幅していって香具山という雄大崇高な山になっていくのですね。こういう大きなイメージがある歌を最初におくということが勅撰集なんかでもよく行われまして、この『新葉集』という撰集のトップの歌になっているのもそういうわけからです。

次の⑨の歌は吉野川の妹背《いもせ》山ですね。次の⑩も格調高い歌です。次の⑪は大和路の歌。これは少しとぼけた歌でして、旅をしていると夕風が寒いこの大和路。誰か衣を貸してくれないか、「春日野の」が貸すとの掛詞でしゃれなんですけれども、なかなか絵になっている歌でして、ちょっと面白いので引いてみました。⑫は六田の渡し、現在ではむた。吉野川の上市の少し手前ですね。あそこの六田だろうと思います。これは万葉時代に詠まれている歌枕なのですけれども、実際の風景を詠んでいる感じがあると思います。繰り返し申しますが、全体として吉野の周辺や、歌枕の名所地名を詠んだものがたいへん多いのです。詠み方としては伝統的な詠み方を破壊していないのですが（本歌取その他の技巧を用いた歌が多いのですが、煩わしいのでその説明は省きました）、やはり実景を踏まえた詠まれ方というものが、どこからともなく滲みでている所があります。

小泉和さんという和歌の研究者がおられますが、その方は『新葉集』の中の花の歌の四十五パーセントが山の花を詠んでいるということを言っています。それ以上は私も調べていないのですけれども、山の歌でも吉野に関係する山の花が非常に多いことは確かです。前にも申しました④など、奥行きのある構図を詠んだ、そういう歌というのが結構多いのです。⑥の「匂ひも深しみよしのの奥」もそんな歌だと思います。構成のうまい叙景歌で、伝統的な美を破壊しないで、しかも実際に見た風景を詠んだ歌だという所が一つの特色だろうと思います。

『三千首和歌』

「吉野の行宮《あんぐう》にて人々に千首歌召されついでに、山花といふことを詠ませ給ける」という詞書の長慶天皇の歌があります。「わが宿と頼まずながら吉野山花に馴れぬる春もいく年」（新葉一〇九）、この吉野山は、仮の皇居だ。私の宿とは頼まないのだ。しかしこの吉野山の花に馴れた春はもう何年になるだろう、という感慨ですね。吉野の春について天子としての感慨だと思います。これは『新葉集』に入っていますが、実は徳川美術館蔵の「三千首和歌」という書にみえております。その部分を掲げてみます。

山花

＼よしの山三代の御ゆきに逢をひの花を雲井に仕へてぞみる　関白（二条《にじょうのりより》教頼）

＼さきそむる程やみえけんはつせ山ひばらをうづむ花の白雲　光長朝臣（春宮《とうぐう》の隠名）

我やどとたのまずながら吉野山花になれぬるは虫損いくとせ　女房（長慶天皇）

我宿とたのむよしのへ入らんには、かしこく詠て候ける故人の面目にも成候ぬる心ちして真実久老涙溜《たまり》レ袂《たもとに》候、又泊瀬《はつせ》山桧原《ひばら》花さかりの比、雲にのみうづもれはて、候風情、老情及かたく候、三代《みよ》の花の陰御ゆきに逢をひ珎《ちん》重候也

一題の下に三首が作者ともに記され、そのあとに評詞があり、更に歌の右肩に斜線のあるものがあります。これがいわゆる合点《がってん》で、そのうち秀歌には長い、長点が付されています。この合点を付け、評詞を記したのは宗良親王だと思います。零本ながら大変貴重な資料です（徳川黎明会叢書所収）。

ちょっと前後しますが、一三七四年ごろ親王は信濃から吉野に帰り、『李花《りか》集』が編まれます。これは宗良親王の家集《かしゅう》。あるいは私家集《わたくしのいえのしゅう》、私家集《しかしゅう》と言いますが、例えば西行の『山家集』とか実朝の『金槐《きんかい》集』とかと同じ、いわゆる個人の歌集です。翌年『五百番歌合』が吉野で行われ、そして人々の歌に対する熱意がいよいよ強くなりまして一三七六、七年ごろ何人かの歌人達が千首和歌を詠む。長慶天皇、春宮《とうぐう》、関白あるいは宗良親王。これはいわゆる『天授千首』といわれているもので、現在全部は残っていませんけれども、さっき申しました三千首は三人の歌人の『天授千首』の一部なのです。それから『嘉喜門院集』や『師兼《もろかね》千首』というのも成立しますが、最終的にはいわゆる勅撰集に準ずる形で、沢山の歌、千四百余首を集めた『新葉集』という撰集が一三八一年に完成するわけです。それが南朝和歌の結実ということになります。「わが宿と」という歌ですが、前に述べましたようにこれは長慶天皇の花に寄せての感慨を詠んでいるわけです。つまり自分の置かれた境遇とからませた叙情です。

南朝の和歌―境涯の歌―

さて、ここで、次の特色としての、いわゆる境涯の歌について述べたいと思います。

境涯の歌―感慨・決意を込めた歌

芳野の行宮にて（中略）五月雨といふことをよませ給うける

後醍醐天皇御製

① 都だに寂しかりしを雲晴れぬ吉野の奥の五月雨のころ　（新葉二一七）

山里に住み侍りけるころよみ侍りける

中院一品入道（親房）

② いほりさす宿はみ山のかげなればさむく日ごとにふる時雨かな　（同四一八、李花集にも）

尋花

③ わが宿とたのむ吉野の山なればしをりせずとも花はたづねん　（宗良千首）

④ 咲かばまづ行きてこそ見めわが宿とたのむ吉野の花の下かげ　（李花集）

五百番歌合

⑤ よしの山みねの岩かどふみならし花の為にも身をば惜しまず　（仁誉《にんよ》。新葉一〇六）

千首歌召されしついでに花挿頭といふことをよませ給ける

御製（長慶天皇）

⑥ をさまらぬ世の人ごとのしげければ桜かざしてくらす日もなし　（新葉一〇三一）

⑦　みよしのやわが山踏みぞ年へぬるうき世を出づる道は知らねど　（長親千首）
　五百番歌合
⑧　思ひきや三代に仕へて吉野山雲井の花になほ馴れむとは　（光有）
⑨　馴れきつる八十の春もあはれしれ三代の昔の花の面影　（頼意《らいい》）
⑩　君すめばここも雲ゐのよしの山馴れてぞ見つる花のさかりを　（実為）
⑪　みよし野や御幸かさなる春をへてながめ馴れぬる花の陰かな　（師兼千首）

＊

　天野行宮にてよみ侍りける歌の中に　前中納言為忠
⑫　君住めば峰にも尾にも家居してみ山ながらの都なりけり　（新葉一二〇五）
⑬　世に出でば光そふべき月かげのまだ山ふかき雲の上かな　（同一二〇六）
⑭　これやこの木の丸殿と思へども名のらで行けばしる人もなし　（同一二〇七）
　此二首の歌は天授六年の秋のころ、修行しける僧のさき山の行宮のあたりを過ぎけるが物に書きつけけるとぞ

①は、都でも五月雨のころは寂しかった。この吉野はもっと寂しい、という後醍醐天皇の非常に有名な歌ですが、感慨の歌ですね。②は「山里に住み侍りけるころよみ侍りける」という北畠親房の歌です。解釈するまでもない歌ですが、非常に侘びしい山陰の庵の様子を詠んでいる。これはたぶん賀名生における親房の庵ともいうべき住居の様子ではないかと想像されます。親房は『神皇正統記』にみるように、ある意味で完璧主義者だったと思うのですけれど

も、とにかく南朝への忠誠心が非常に強い人だったようです。しかしその完璧主義がかなり災いした面もあったと思います。例えば、楠木正行が四条畷で玉砕したのは、親房に尻をひっぱたかれたからだという説もあるくらいです。親房というのは大変な学者でしたが、ついに志半ばにして賀名生で死ぬわけですね。現在賀名生の堀家の上方に五条高校の分校がありますが、すぐ脇に親房のお墓と伝えるものがあります。ああいう侘びしい所で志半ばで死んだのかなという感慨を私も持ちました。やはりこれは南朝方の貴族の気分で詠んだ歌です。③は宗良親王の歌ですが、これは有名な「吉野山去年《こぞ》の枝折《しを》りの道かへてまだ見ぬ方の花を尋ねん」という西行の歌を踏まえています。枝折りをして山を尋ねるというが、「わが宿とたのむ吉野」だから枝折りをしなくたって私は尋ねよう、そういう歌です。長慶天皇は「わが宿と頼まず」と言っているが、私は「わが宿とたのむ」と言っているわけで、天皇への叱咤激励ともみられそうな歌です。④は長慶天皇よりちょっと早く作っている歌ですが、やはりわれわれを支えている皇居は吉野だという気持ちで詠んでいる歌で、南朝の歌人としての一つの感慨だと思います。⑤は「花の為にも」というのが面白い所です。西行ではありませんが、「花の下にて我死なん」という、花を愛する気持ちというのは非常に強いのだが、私は南朝に仕えている身だからもちろん南朝の為に死ぬ気持ちがある。しかし同時に花の為にも身をば惜しまず、という一種の感慨だろうと思います。花に託した南朝の貴族としての気持ちを詠んだ歌というのを⑥⑦⑧⑨⑩⑪に掲げました。お読みくだされればお分かりだろうと思います。

⑫は天野での作です。「天野」というのはいま河内長野市に入ります。天野山金剛寺に行宮が置かれていた時期はかなり長いわけですが、ここは、中世では交通の要衝として政治的、戦略的な面で重要な部分だったと思います。ただ天野山金剛寺のあたりは山の中でも町はやや低い所になるので、あそこへ行宮を置かれると貴族達はその周辺に仮住まいを建てて住む外はなかったのでしょう。いかにも天野の情景とよく合っていると思います。この為忠という人

は二条家の歌人でして、後には北朝に戻ってしまう。北朝に戻った人の歌というのは『新葉集』は全部カットしたのですが、為忠だけ切り捨てていない。これは為忠がある時期南朝にいて、実際に南朝の歌人達の歌を指導したという役割を評価されて、更に帰京後の『新拾遺集』にも入集していない、つまり為忠は北朝側の撰集には拒まれた人だと考えられて、『新葉集』にはたくさん採られているわけです。非常に実力のある歌人ですが、これは為忠の中でも代表的な歌です。この歌にすぐ続きまして一首あります。まず⑬はこの朝廷は世に出たらきっと輝かしい存在になるだろうに、まだこんな山深い所にいるよ。⑭は、ここは南朝の天皇の住んでいる木の丸殿だと思うが、私はあえて名乗らない。このまま通り過ぎてしまえば私のことを知っている人はいないだろう。――この二首は為忠の歌ではないので、この左側に「此二首の歌は」云々という左注があります。つまりこれは南朝のシンパみたいな僧がいてこれがさき山の行宮を通りながらこの歌を書いていった、つまり自分の気持ちを表してきたという歌です。このさき山の行宮というのは五条市に入る所にある栄山寺です。いわゆる隠れ南朝派みたいな人の歌を『新葉集』が取り上げているというのは非常に面白いことで、これはやはり親南朝の人々の感慨の歌を広く含めた集だと、大きく見ていいのではないかと思います。

まとめ

簡単にまとめだけ申し上げておこうと思います。大変細かなことを申し上げましたが、私は和歌や俳諧あるいは狂歌、川柳とかそういうものも含めて、日本の独特の短詩型文学と言われているものをどう評価するか。大ざっぱにいえば次のような二通りの仕方があったんではないかと思います。それは一つは、作品に表されたものだけで評価するという考え方。それは当たり前のことだろう、とどなたもお思いになるかも知れません。つまり文学作品は、あるいは文学に限らずあらゆる芸術作品は、表現されたものだけで勝負すべきだ、というのは最も正統な考え方であり、近代的な考え方でもある。これはもちろん近代ヨーロッパの考え方ばかりではなく、たとえば藤原定家といったような人は、『後鳥羽院御口伝』によれば「事により折に触れ」てできた作品、つまり状況にもたれた作品は一切拒否した、つまり表現されたもので勝負するという考え方・信念を持っていたと思われますから、古い時代からそのような考え方がありました。もう一つは、作品の表現が支離滅裂なものは別にしまして、ある程度、完成した作品の場合は、その作者ですとか作られた状況というものを背後に踏まえて評価するという立場は当然あるだろうと思います。

次の『正徹物語《しょうてつものがたり》』ですが、これは室町時代の歌人の有名な言葉です。

人が「吉野山はいづれの国《くに》ぞ」と尋《たず》ね侍らば、「只花によしの山《やま》、もみぢには立田を詠むこと、思ひ付きて詠み侍る計りにて、伊勢の国やらん、日向の国やらんしらず」とこたへ侍るべき也。いづれの国と云ふ才覚は覚《おぼ》えて用なき也。おぼえんとせねども、おのづからおぼえらるれば、吉野は大和としる也。

非常に屈折した言い方で、私もちょっと説明が出来にくい、難しい問題を持っております。創作に当たって実際の知識が必要だとか実地に就いて詠めとかいう態度をはっきり拒絶している立場であります。古典文学の多くの伝統の積み重ねの上に立って、それを背負った言葉自体で一つの世界を形成する。実際に行ってみなくていい。つまり伝統的に形成されたイメージを積み重ねた虚構の世界で、（換言すれば、そのものの「本意」―美的本質を踏まえて）一つの純粋の美を形成するという立場を表している。中世の和歌というのはこれが主流であったと思われます。つまり、実際に吉野がどこにあろうとその歌を誰が詠もうと問題ではないのだという捉え方があるわけです。

ところが、百人一首の歌だからどなたもご存知だと思いますが、「もろともにあはれとおもへ山桜花より外に知る人もなし」という有名な歌があります。一応これだけで解釈できなくはないと思います。直訳すれば、一緒に哀れと思ってくれよ。山桜よ。おまえと俺はともに哀れと思い合おうじゃないか、花より他に知る人もいないんだから、と訳そうと思えば訳せます。訳して、分かったようで分からないような感じではないかと思います。これは前《さきの》大僧正《だいそうじょう》行尊《ぎょうそん》（一〇五五〜一一三五）という坊さんが詠んだ歌です。この坊さんは山伏で非常につらい修行をした、しかも身分の高い坊さんであるということを知るとまた少し歌に対する想像力が働いてくると思います。そして家集の詞書を見ますと、大僧正行尊がいわゆる峰入り（大峰入）した時に、折れたまま山桜の枝で花が咲いていた、その美しい花を見て詠んだということが分かるわけです。そういう状況を知ることによって、この歌の味わいがいっそう深くなるということは、紛れもなく事実であるかと思います。

更に吉野とか花とかあまりこだわらない例で申しますと、「是がまあつひの栖《すみか》か雪五尺」という句はそれだけで一つの感慨がありますけれども、有名な一茶の生涯のある時期の感慨であるということがわかると、また味わいが深まります。「鶏頭の十四五本も有りぬべし」は子規が病床で庭前の真赤にもえている鶏頭に感動した句であり、「柿食へば鐘が鳴るなり法隆寺」という子規の句は、子規という人がたいへん柿の好きな人だったということを知っているから面白いのではないかと思います。あるいは柿にかぶりついていたのではないかと思いますね。上品にむいて食べたのではあの句はあまりおもしろくないような気がしますし、とにかく、日本の短詩型文学というのは私はやはり作者とか場の状況とかというものを考えて味わう立場があってよいということ、これは一つの宿命的性格ではないかと、私は思っているわけです。

『新葉集』の歌をいわゆる南朝正統論というイデオロギー的な立場とか、吉野朝の悲歌という考え方でとらえたくないと思っています。これは動乱期の歌人達が吉野を中心とした、日常性を越えた異常な状況の中で、一方では、現実を拒否して美しい世界を詠んで、一方では数奇な運命に翻弄された境涯を秘めた歌を懸命に作っていた、そういう『新葉集』に代表される世界というものは、やはり中世和歌というものの一つのあり方であったのだと思います。この時代には京極派の和歌の面白さがあります。また、遡って『萬葉集』や『古今集』など、典型を創りだした歌というものに対して、『新葉集』の歌は典型を創りだしたとはやはりいえないと思います。けれども、しかし今申しましたような考え方に立って、『新葉集』を中心とした南朝和歌は、今までのように軽視されて来たことに対して、もう少し高く評価していいのではないかと考えます。そういう点から見ますと、「歌書よりも軍書にかなし吉野山」（支考）という有名な句は、私一人で片意地になっても仕方がないのですけれども、必ずしも賛同できる見方とは感じておりません。私はやはり軍書と同様に、歌書においてもかなしさが吉野山にはあるのだというふうに考えております。

第七章　和歌史の構想

1　初めに——和歌史の構成

まず和歌史の構成から入るのが妥当かも知れない。

和歌史は、歌壇史・歌論史・歌風史三者の各研究を有機的に綜合して大成される、としたのは福田秀一「歌論及び歌論史の研究について」（『中世和歌史の研究』所収、'72）である。同書の「結語」によると、上記論文は東大中世文学研究会例会で発表（'59・11）、その要旨をタイプ版で発表した由である。この福田論文は歌論史研究を主眼としたものだが、その位置づけを行うと、和歌史の構成は、

和歌史 ┬ 歌壇史
　　　 ├ 歌風史
　　　 └ 歌学史——歌論史

と図示されることになるという。

和歌史の構成を簡明に表示した最初はこの福田論文であると思われる。この内、歌風史と歌論史については、従前

からその範疇に属する論著があったが、歌壇史研究については一言注しておく要があろう。

歌壇史研究は、戦後、特に'50年代半ば頃から盛んになり、十年程して総括や批判が現れた。藤岡忠美が（歌壇史研究は）「新しい方法として自覚されたというよりも、ある有効な方向として」探り出されたもので、従って橋本不美男・山口博・藤平春男・福田・井上など、方法などにかなりの相違があった、と詳しく指摘しているが（『平安和歌史論』'66。'65・4に『国語と国文学』に発表したものの改稿）、これが歌壇史研究批判の最初であろう。

さて、福田はその前年「鎌倉中期歌壇史における反御子左派の活動と業績」（『国語と国文学』'64、8・11。前掲著書所収）において反御《はんみ》子左派《こひだりは》の構成を詳しく調査し、その歌風・歌論の特質を解明したが、それに対して藤平春男は、和歌研究に当って性急に現代的意義を押し出すより正確に歴史的復元をはかるべきなので、歌壇史研究の必要性は認められるが、それは歌風論や歌風分析を含み込むものではなく、下部構造を明らかにするもののはずである、と批判した（『文学・語学』35、'65・3の学界展望。「歌壇史研究について」和歌史研究会会報17、'65・4）。これについて福田の反論もあるが（前掲著、補注）、詳細は省く。更に藤平は、歌壇史研究の成果は認めつつ、歴史的復元や表現研究の精密さそのものは文学史・和歌史研究にはならず、「文学史の体系化の根源になる価値観に対しては禁欲的」であることを指摘し、「文学論的追究」を忘れるべきではない、と力説した（『文学論序説』'65中の文章。『藤平春男著作集3』所収）。

藤平の立場は明快で、充分に了解はされるが、しかし歌壇史研究についていえば、ある歌人集団や流派の構造を解明する時に、その特徴の一環として歌風・歌論の分析を行うのは自然であろう。なお私見をいえば、歌壇史研究は、文学性の有無に拘らず、歌人やその集団を対象として、集団の構造なり、歌人の静態・動態なり、社会との関係なりを、歴史学と同じ方法で、つまり厳密な史料批判に基づいた実証的な方法に依って行うべきもので、端的にいえば、歴史学の一分野といってよいであろう（なお以上は「歌壇史研究をめぐって」と題して'01・11慶応義塾大学斯道文庫の会で語ったことの一部である。折があったら詳細は記述してみたい)。

さて、谷山茂は、和歌史には、和歌の世界のやや特殊な条件に即して、歌風史(風体史など。広くいえば表現史)、歌論史(美的様式史、思想史、歌学史等を含む)、歌壇史(広くいえば環境史・周辺史)の三つに大別される態度・方法があり、理想的にはこの三者とその態度・方法を総合・統一的に把握し、それらを包み込んだ原理・法則を叙すべきだが、それは至難の業かつ論理的にも不可能で、何れかの態度・方法に重点をおきがちになる、という指摘を行った(「風巻氏の中世和歌史観とその方法」、『風巻景次郎全集7』解説、'70。『中世和歌つれづれ』'93所収)。

この谷山の、和歌史研究に三つの別あることについての論説は、福田見解と一致することを福田著書は補注で指摘している(前述のように福田原論文は市販されたものではないから、この一致は偶然の所産とみてよいであろう)。谷山見解の、三者の総合叙述が「論理的にも不可能」かどうかは別として、「至難の業」というのは、確かに研究の実情を指摘している、と私には思われる。

古典和歌の研究に当って、古くからその中心であった歌論・歌風の研究についても、現在では谷山のいう歌壇・環境や、或は歌風史に含まれる表現についての精密な調査を行うことは既に自明のことになっているように思われるが、一方それらの方法についての相互批判はかつての頃に比べて薄れているように見える。時には批判や反省も必要ではあるまいか。その一つの手がかりとして、歌壇史研究をめぐって、藤岡・福田・藤平・谷山の見解を掲げて記してみたのだが、これも和歌史の構想を考える上に、全く無駄ではないように思われるがどうであろうか。

2　歌学・歌論・歌合史などにおける時代区分

和歌という詩歌形式の中の、すべてのジャンルの歴史的展望を扱うことは私の手に余る。その中の幾つかについて、研究文献掲出を併せながら簡単に述べておきたい。

まず歌学と歌論である。いうまでもなく歌論は評論文学の一分野であり、歌学は和歌に関する知識を客観的・体系的に集成する、いわば学問であるが、それぞれの性格を持ちつつ、著作の中では両者融合して切離せない面を持っている。

歌学・歌論の歴史については、佐佐木信綱『日本歌学史』（'10、刪補版'49）、福井久蔵『大日本歌学史』（'26）など歌学史から出発し、多くの歌論史が書かれるようになる。小沢正夫には『古代歌学の形成』（'63）があるが、『日本古典文学大辞典』の「歌学」の項（'83）で、氏は概ね次のように述べている。即ち歌学の範囲を広く取って歌論をも含むとし、時代区分としては、ごく短い古代の後、公任から近世初頭までが中世で（尤も、俊成が仏教思想を導入し、和歌を人の内心の問題として論じ始めた以後を中世とする考えもある、と異見を掲げてはいる）、近世は、古今伝授を代表とする歌学・歌論の否定、契沖の実証を重んずる文献学的研究以後、明治二十年頃までとしている。

なお歌学史について、思想史的な視点から論じた大隅和雄の古典的な論文「古代末期における価値観の変動」（北大文学部紀要16・1、'68）がある。律令的価値体系の崩壊、絶対的価値観の喪失の時期に、専門的知識人により知識の集成が行われ、その道の正当性の主張が可能になり、次代の新しいものの発見の基礎が生まれるが、清輔の袋草紙を初めとする歌学書がそれを最もよく示している、という。即ち六条家歌学は古代の集成であると共に次代への展望を可能にした業績ととらえられているのである。傾聴すべき論である。

歌論史について、久松潜一『日本歌論史の研究』（'63）は、第一期古代を、主として修辞学的立場から奈良・平安時代をさすと見、第二期中世は、理念として幽玄・有心《うしん》……が並立していた、とし、第三期近世は道徳的傾向・まことの立場が重要であった時代、第四期近代、と時代区分する。分り易い見解である。

藤平春男は『歌論の研究』（'88。著作集3所収）、「歌論の流れ」（日本古典文学全集『歌論集』の解説。'75）において次のように区分してその特質を記述した。後者における時代区分と小見出しを掲げる（かっこ内は私注）。

古代　歌論の芽生え　古今集両序　歌合批評の発展と公任の歌論　和歌の変質化と源俊頼の登場（万葉に見える歌論の萌芽から院政末期まで）

中世　俊成・定家による中世詩の確立　幽玄と有心の系譜（俊成から室町期まで。鵜鷺《うさぎ》系歌論書とその影響を含む）

近世　雅と俗　国学的歌論の展開　近代への胎動（茂睡《もすい》から真淵・宣長そして景樹・言道に至る流れ）

歌論の流れを、説得力ある論理で一貫したものとしてとらえた注意すべき見解である。

以上の外、各時代の歌学・歌論の研究は多いが、一、二の大著を掲出するに止める。川上新一郎『六条藤家歌学の研究』（'99）、田中裕『中世文学論研究』（'69）、細谷直樹『中世歌論の研究』（'76）、三輪正胤『歌学秘伝の研究』（'94）等々。参考文献は『歌論の展開』（和歌文学論集7、'95）に多く挙げられている。資料は日本歌学大系の外、『歌論歌学集成』（刊行中）、『近世歌学集成』（'97'98）など次々と公刊されている。

歌合は、歌論・歌風・歌壇すべてに関わる様式で、平安初期に発生して明治期に至るまで続いた。

萩谷朴『平安朝歌合大成』（増補新訂'96）は西行の宮河歌合まで歌合四七五ケ度（内、証本の全部または一部の現存するもの二〇七ケ度）を十期に分けている。古代から中世に変移する所だけを挙げると、治暦四年（一〇八〇）～応徳三年（一〇八六。後三条・白河朝）を中世前兆期とし、この期は天皇親裁の権威を示し、側近の侍臣の実力者を主流にして、文芸主義へと歌合の性格転換を強行する傾向のあったことを指摘、応徳三年～嘉承二年（一一〇七。堀河朝）を古代余響期とし、この期は内裏～大臣家の歌合に、往昔の古代歌合の特徴であった遊宴性への懐古追慕の情が著しい点を挙げる。そして『日本古典文学大辞典』の「歌合」の項では、平安時代～明治期までを、一、堀河朝まで（遊宴性を主とする）、二、院政期（評論に重きをおく）、三、鎌倉前期（文芸意識・評論史的意義が最高に達する）、四、鎌倉中期～南北朝（三の惰性）、五、室町期（戯歌合の出現など）、六、江戸期以降（擬古的興味）と、全期を区分している。なお久曽神昇『伝宗尊親王筆歌合巻研究』（'37）では十七期に、峯岸義秋『歌合の研究』（'54）では十三期に区分する。岩津資雄『歌合の歌論史研究』（'63）では古代・中世・近世と大きく三区分し、古代は四期、中世は三期に細分する。

大まかに諸説をまとめれば、千年余の歌合史は、古代・中世・近世と三区分され、それぞれの特徴は、遊宴性、文芸性、趣味性（懐古性）としてとらえられ、中世をほぼ院政期（十二世紀）以降とする傾向が強い。

冗言を二つほど。鎌倉中期以後の中世歌合を「惰性」と決めて了う論には異見を抱く。この時期の歌合には京極派のものを含めて質の高いものが相当数ある。また数字的なことを記すと、『中世歌合伝本書目』（'91）によると、ほぼ建久～天正（十二世紀末～十六世紀末）の間、証本（全部または一部）の残る歌合は二四〇ケ度である。

私家集は、俊頼の部類形式で整備された散木奇歌集が大きな画期を為し、こののち部類家集は晴のものとなり、編年形態（日次形式）のものは、ほぼ歌日記あるいは草稿的、備忘的性格であるものが多い。また百首歌の盛行に伴なって、百首類を部類部分の前に置く形式が、俊成の長秋詠藻から始まった。そして百首を幾つかまとめただけで一つの家集とするものもあり、一方、雑纂的な、構成意図不分明な家集の少なくなるのが中世の特色といえよう（自撰・他撰共に編集意図分明なものが大部分である。井上「私家集の形態について」むらさき37、'00参照）。

定数歌は、組題百首の創始としての堀河百首（一一〇五、六年頃）が、それ以前のいわゆる初期百首と区別され、百首歌（広く定数歌といってよい）の歴史における画期をなすもので、本格的百首和歌の始発というべきであろう。なお五十首歌の現存作品の最も古いものは守覚法親王家五十首（一一九八、九年頃）である。千首歌は平安末期には創られていたともいうが、本文の残る現存最古のものは為家千首である（一二二三年。なお井上「定数歌の意味」国文学'94・11参照）。

定数歌においては組題百首が、私家集においては整備された部類家集が、院政期を始発としてそののち夥しく生み出される。同じ頃に題詠が詠作の中心となり、本意が形成されてくることと相渉るのである。

3　和歌史における中世

中世和歌史を専攻する者として、以下、中世の時代区分を中心に記述し、併せて前後の時代に触れる、という形をとることをお許しいただきたい。

昭和二十年代、中古（古代）・中世和歌史について頻りに発言したのは谷宏で、「中世文学の起点」（『国語と国文学』'49・3）、「新古今集――古代の落日」（『文学』'49・6）ほか多くがある。後鳥羽院庁の崩壊、承久の乱によって武家の支配が決定づけられた以降を中世と考えた。その時点では注目される論と見られた。なお西尾実・唐木順三などの見解があるが、『解釈と鑑賞』'61・12「中世文学史」特集が注意される。

石田吉貞は同誌の「中世の出発点」で、紀貫之から昭和三十年代初頭に至る著作（芳賀矢一『国文学史十講』ほか、藤岡作太郎・五十嵐力・津田左右吉・久松潜一等々）より日本文学史の時代区分を表にして示し、中世という時代に生まれた文学と、中世文学という一つの性質を持った文学とを区別し、封建制による貴族たちの不安動揺、強く起って来た無常思想、この二つの上に立った文学として、西行と新古今とを中世の出発点と見た。なお同誌には、詩歌に言及した久保田淳・奥田勲・木藤才蔵・小高敏郎・金子金治郎・福田秀一・島津忠夫などの論があり、現在読んでも興味深い。

その後、上野理「褻《け》の歌から晴の歌に」（『後拾遺集前後』'51）、久保田淳「中世和歌史への道」（堀河百首～千載集）・「中世和歌史素描」（新古今以後。『中世和歌史の研究』'93）など、中世和歌史に関わる注意すべき論は多い。

藤平春男「院政期歌壇の性格」（国文学'75・6。『新古今とその前後』及び著作集2に所収）は、三名の論文を掲げて院政期の和歌史的位置づけを論ずる。まず橋本不美男『院政期の歌壇史研究』'66）は、中古前期の和歌（王朝和歌）を、雅びの中心であった宮廷の場において、折にあう宮廷詩とし、院政期は個の文芸としての中世和歌へと向う転移期としている。風巻景次郎「中世和歌の問題」（『日本文学』'57・9、全集7所収）は、勅撰集の神仏・釈教の部立などを考察しつつ「呪術的な神観念に支えられる古代的な集団心」が「個人の自覚に変態しつつある心」となって中世心が成立し、その変化は十一、二世紀であり、千載集で明確化する、と述べる。安田章生『日本詩歌の正統』'65）は、現実体験に即した歌、人間感情が歌に比較的よく表れていること、心（内容）と詞（表現）が比較的容易に短歌形式の中で調和していることなどの性格を持つ万葉・三代集の時代を古代和歌とし、後拾遺・金葉・詞花は新しさが芽生えつつあった過渡期で、古代和歌とは対照的な発想法を定家が新古今で確立した（人間像が作品の上から姿を消し、唯美的となった歌風）と説く。藤平はこの三者を評価しつつ、時代区分としては一致するが、変質のとらえ方が異なることを指摘し、和歌史を万葉時代、中古和歌と時代区分した場合、院政期和歌は変質期と見て、明確な自覚に基づいて古今集を〈古典〉としてとらえなおした俊成・定家の、新しい実験の成果を、文治二年（一一八六）の二見浦百首に認めてこれを中世和歌の成立としている（なお藤平見解の委細は「中世和歌史の課題」〈全集2〉などをも参照されたい）。

なお補足しておく。安田は、リアリズムの自覚の重視、中世の伝統主義の打破（三之《きんし》・茂睡ら）以後を近世とする。また石田論文は、風巻がその学的良心の厳しさから中世の出発点を承久の乱以後としたり、或は新古今歌風の範囲を源経信辺などとしたりして苦悩したことを挙げ、文学史・和歌史の時代区分というものが如何に難かしいか、と切言している。このことは研究が細分化すればするほどいよいよ困難になるであろう。

以上の記述によって、根拠は区々ながら、院政期が転換期であり、西行・俊成あるいは定家（新古今）を中世の本格的な出発点とする見解が大勢のようである。

以上諸説を踏えて、井上も若干の考察を試みたことがある。すなわち、「月」といえば秋の月をさすようになったのは金葉・千載集からであるが、これは秋の月が最も美しいことを人々が承認したからであり、また後拾遺集から「……の心を詠める」という詞書が急増するのは、歌というものが題の心（趣旨）を詠むものであると観念されるようになったからで、これらの事象は題詠が創作の中心となって、題の趣旨（美的本質＝本意）を和歌は詠むものだ、という合意が形成されたから、と思われる。すなわち「日常」「場」のものであり、また「折りの文学」（久保木哲夫）、「実用品であるとともに文芸品」（窪田空穂「古今和歌集概説」）であった王朝和歌が、創作詩であることへの変質を明示するものであった、とみてよいであろう。変質の結果の創作詩（虚構詩・文芸詩ともいわれるもの）が中世和歌で、その変質期がほぼ十一世紀末から十二世紀（院政期）であったととらえられるのである（「王朝和歌から中世和歌へ」福岡大学日本語日本文学6、'96・11、新編日本古典文学全集『中世和歌集』など）。

以上、前節で述べたことと合わせて、院政期が和歌変質の過程として（中世和歌へ大きく一歩を踏み出したことの）重要な時期であったことが知られる。更に歌壇史の面から述べておきたい。

4 歌壇史における中世

和歌が宮廷貴族の生活の場（サロン）の中で詠み交されていた王朝時代から、専門歌人が主体となり、彼らの間に和歌に関わる相互交渉が行われて、いわゆる歌壇が成立し、和歌が主として歌壇的な所産となるのはほぼ院政期であった。このようにして成立した、（それ以前の比較的ゆるやかな歌人世界に比して）狭義ともいうべき歌壇の推移、すなわち中世の歌壇の流れをどのように時期区分するか。

十一世紀中葉――後朱雀・後冷泉の時代

院政期の一時代前に、歌人達の数寄化が顕著になる。中下流歌人層の人々による有名な和歌六人党は、能因や相模に指導を受けつつ、和歌を単なる社交雅語的にとらえるだけでなく、自然に向き合った叙景歌、漢詩文の影響を受けた題詠歌……等々、創作歌への強い傾斜を見せ、山荘の会などで仲間同士と誼みを結ぶユニークな集団を結成していた。更には頼宗・長家ら上流貴族の歌人の数寄化にも著しいものがあった。そして久しぶりに復活した晴儀の永承四年（一〇四九）内裏歌合、天喜四年（一〇五六）中殿御会などを経過しつつ和歌はその地位を上昇せしめ、文芸化も促進される。頼通時代は爛熟閉塞の世界といわれつつも、和歌は新しい時代への準備を進めていた。

Ⅰ　延久元～承久三年（一〇六九～一二二一）

延久五年、後三条院住吉御幸和歌に連なったのは、多くが上皇の政を支える層の人々であった。続いて白河天皇在位の承保三年（一〇七六）殿上歌合、承暦二年（一〇七八）内裏歌合に連なった歌人達も、新しい政治を推進する天皇の側近が主で、これら歌の催しも政治の一環としての色彩を濃くし、歌壇と政治とは結合を深める。

院政期は、ここでは白河・鳥羽・後白河・後鳥羽四代の時期をさすこととする。白河院時代は、在位期、寛治・嘉保期、承徳・康和期、天仁以後、と分けられるが、その内、承徳・康和期の前後は堀河天皇歌壇の開花期でもあった。そして院近臣顕季の勢威による和歌の催しと、忠通家内々の雅会とが注意される。次に鳥羽院政の時代は、院が歌壇にはその勢威を及ぼさず、崇徳院の、特に譲位後は政局の中心から離れた所で、親近する廷臣によって和歌史上重要な久安百首や詞花集の撰集などの作品が生み出されている。後白河院の時代は、二条院を中心とする歌壇と、その没後、建久初頭までの百家争鳴的な時期が重要であろう。後鳥羽院期（新古今時代）については、院政と和歌とが強く結合した時期だが、私が発言する適任者ではないので省略する。

院政期を通して、院権力、権門、院近臣などの権勢家、数寄の天皇・上皇・貴族達、そして新しく成立した六条家・御子左家など和歌の家の人々を含む専門歌人、これらの人々によって構成され、相互に深い交渉を持ちつつ進行した歌壇の状況が特徴的である。

Ⅱ　承久三～観応二年（一二二一～一三五一）

やや細かく見ると次のように分けられようか。

承久三～仁治三（一二四二）　定家指導の時代。新勅撰集の時代。

寛元元（一二四三）～弘安十（一二八七）　後嵯峨院の時代。為家・為氏指導の時代。御子左派と反御子左派との対抗の時代。

正応元（一二八八）～観応二（正平六。一三五一）　皇統分裂の時代。二条・京極対抗の時代。

院権力としては光厳院政まで。摂関家（九条家）が権門としての力を歌壇に及ぼしたのはごく初期の頃まで。和歌流派としては御子左家（分裂以後は二条・京極・冷泉三家）、六条家（九条家）、飛鳥井家、反御子左派。これらの流派の対抗や協調、権力との関わりなどで歌壇は推移する。

歌壇はまだ貴族階級が主導権を握り、伝統を強力に守る立場がある一方、新しい歌論や歌風を生み出す勢力があり、創造のエネルギーをまだ持ちえた時期である。地方歌壇の存在、法体歌人層の進出も見えてくる。

Ⅲ　**文和元～延徳元年**（一三五二～一四八九）

次のように細分する。

文和元～明徳三（南朝元中九。一三九二）　二条家指導の時代。南朝新葉集の時代。

明徳四～永享十二（一三九三～一四四〇）　飛鳥井家指導の時代。新続古今集の成立と勅撰集の終焉。

嘉吉元～延徳元（一四四一～一四八九）　足利義政・義尚の東山時代。

貴族の衣をも纏うた足利将軍が歌壇に大きな力を及ぼし、末尾四つの勅撰集はすべてその意向によって撰ばれた。二条家は十五世紀に入るとすぐ血統が絶え、飛鳥井・冷泉家が歌道家として認められていたが、その盛衰もほぼ将軍の意向によった。文明期には将軍義尚による歌壇には活発な動きがあった。また法体歌人に実力者が輩出し、地方歌壇も関東を初めとして各地に成立。

Ⅳ　**延徳元～十七世紀初頭**（一四八九～一六一〇前後）

延徳元～大永六（一四八九～一五二六）　後柏原院を中心とした永正期。いわゆる三玉集の時代。

大永末頃～天正十年代半ば（一五二七～一五八〇年代半ば）　後奈良・正親町院時代宮廷の衰微期、戦乱期などによる沈滞期。但し地方歌壇は相当の賑わいを見せていた時期。

天正十年代半ば～慶長十年代半ば（一五八〇年代半ば～一六一〇年代初め頃）　後陽成院宮廷を中心とする歌壇復興期。なお後水尾の践祚は慶長十六年。後陽成院の他界は元和三年。

衰えたりとはいえども朝廷・貴族のいる京は中央歌壇の地位を維持しており、とりわけ永正期を中心に後柏原院・

三条西実隆らすぐれた歌人によって歌壇は活発化した。地方の武家や豪族は伝統的な文化を希求していたから、雅びを基調とした正風体の和歌に対する価値観は揺がなかった。そして戦乱が継起し、下剋上の風潮盛んな世相を反映して狂歌も多く詠まれた。なお困窮によって地方に下向する公家や、連歌師らを介して各地の歌壇が活発化する。歌壇史的にみれば地域的・階層的に和歌・歌人の拡大・拡散する時期であった。また沈滞の相を見せた京歌壇も、天正後期以降、平和が回復するに伴なって復活の相の著しいものがあった。なお歌道流派と権力との関わりはかつてのような在り方とは異なり、その色彩は薄められたといってよいであろう。――この時期についてはあらためて次節に述べる。因みに、井上は歌壇史の時期区分を次の文に記したことがある。

中世和歌史の構想　『文学・語学』40　'66・6
『平安後期歌人伝の研究』'78（増補版'88）
中世歌壇の展開　『中世の和歌』（和歌文学講座7）'94
『鎌倉時代歌人伝の研究』'97

5　永正期とその後――中世歌壇の終焉

室町後期の永正期からその後の百年程の歌壇は、中世と近世との接点に位置すると思われるので、一節を立てて問題点を記してみたい。

明応九年（一五〇〇）後柏原践祚。時に三十七歳の壮年で、続く文亀・永正期は宮廷を中心に歌壇は実りのある時期を持った。和歌の催しとしては、月次《つきなみ》歌会はもとより、着到歌・法楽歌などが頻繁に催され、文亀三年には晴儀の三十六番歌合（為広判）が行われた。

この期宮廷の和歌資料には『公宴続歌《こうえんつぎうた》』（月次歌等を集めた集。三村晃功ほかにより翻刻。'00刊）、『一人《いちじん》三臣詠』（後柏原・三条西実隆・下冷泉政為・上冷泉為広の、当代代表歌人の月次詠をまとめたもの）、永正六年後柏原院日次結題（続々群書類従）、そして永正八年七月廿五日の月次懐紙が大阪青山短期大学蔵（詞林17、'95・4に伊井春樹翻刻）があり、『中世定数歌』（歴博叢書'00、小川剛生解題執筆）には後柏原・後奈良関係の着到和歌等が収められ、他に写本などで伝存するものは多い。実隆の日次家集『再昌』も明応十（文亀元）年から始まる（井上「『再昌』の基礎的考察」和歌文学研究70、'95・6参照）。なお多くの歌人の家集が成立し、注釈書も著され、古典講釈も諸方で行われた。

さて、この期の和歌は如何なる特徴があったか。一例のみ掲げてみる。

ゆく人の袖といふ袖にうつろひてあはれ色なる野べの萩はら　（行路萩。三九八一）
お《を》ぎの葉やゆふべになれば秋風をほかにやらじとそよぎたつらん　（夕荻。三九八三）
谷の戸はみちもつゞかでさをしかのたつをだ真木の陰ぞさびしき　（谷鹿。三九八四）

永正期より少し前だが、自筆本のある明応五年実隆百首の秋歌三首を抜いた（番号は『新編国歌大観』所収雪玉集のもの）。実隆四十二歳。

一見変哲ない歌だが、本歌・本説をあらわでなく取り、自然の景に恋など、さまざまな趣を潜ませるとかして、重層的な世界の構築を狙い、古典・古歌に通じた所を垣間見せ、趣向も表現も巧みで、きわめて巧緻な風といえる。実隆歌については伊藤敬の一連の研究（『国語国文研究』35所収の論文ほか）、鈴木健一『近世堂上歌壇の研究』（'96）等を参照されたい（一万首を超えて残る実隆歌の性格は今後も考究が必要であろう）。

なお雪玉・柏玉・碧玉の三玉集は、後水尾院の許で編まれ、後に述べるように三玉集と院との関係は深いので、それらの歌風についての、近世初頭の評を少し引いてみる。

「集は三代集并《ならびに》二条家三代集みるべし。……近代にては柏玉御集、雪玉集、草庵集みるべし」（『尊師聞書』飛鳥井雅章述）、「仰、当代歌の手本とすべきは逍遥院也。也足時分までは草庵集をみよと教たれど、はや風体うつりたる歟。頓阿風にてはかざり少くてわろし。……逍遥院は随分手づまのきゝたる歌也」（『聴賀喜《ききがき》』後水尾院述）、「光栄仰、雪玉、正風なれども已達の作意、今見習ひては害有て益なし」（『雲上歌訓《うんじょうかくん》』）、「雪玉集、随分当流のすがた也、ちとあたらしき趣也、法皇《後水尾院》にもまなび給ふよし」（『資慶卿口授』。以上『近世歌学集成』に依る）。挙げて行くと枚挙に暇がないが、要するに、三玉集、特に実隆の歌風が江戸初期堂上歌人の手本になっていたことが知られる。但し頓阿風は平明にすぎる、一方実隆の練達度は知られていて、初心の内は真似ぬ方がよい、とも見られ、特に実隆の作風は高度なものと認識され、仰がれたのであった。

永正期の歌壇の殷賑さは京ばかりでなく、地方にも及んでいた。すなわち和歌の地域的拡大ということである。そのことは従来の資料によっても知られていたが、近刊の『為広下向記』（'01）によっても顕然たるものがあるので付記しておきたい。

その下向記の一つ、永正十四、五年の冷泉為広の能登下向を見ると、七尾の畠山義総《よしふさ》の許における和歌の催しが実に頻繁であったことが分る。月次会の外、被官の会、また正広《しょうこう》門の先竜軒正韵《しょういん》の会があり、十五年三月松月庵会始が行われた。従来も推測されていたが、正韵はここが本拠地であった。義総の館で歌合が催されているが、文明十三年三月四十二番歌合（畠山義統主催、正広判）の伝統が息づいていた。帰洛する為広への謝礼なども記されていて興味深い。また大永元年『堺津雑書』によっても、堺ほかでの歌会は盛んで、この一連の下向記は地方歌壇の様相を窺う好資料である。

為広に因んで興味深い記事を掲げておく。「冷泉為広卿は博学多才の御人也。実隆公は歌は上手なれども為広卿程学問はなかりけると也。公条公は又為広卿より博学なるよし也。実枝公と為広卿と同じ程に侍るべき歟と也」（『尊師聞書』）。興深い評である。室町後期の和歌・歌人の事跡は、近世初頭の歌学書類の記事を吟味して用いると新知の事が多く得られるであろう。

中世と近世との歌壇の境界は、院政期の位置と同様に曖昧である。京歌壇でいえば、後奈良・正親町の時代は、資料の少なさもあろうが、足利幕府の衰微について、それに抱き抱えられていた観のある宮廷も、そして貴族も最も困窮した時期で、歌壇的事跡も乏しい。信長の時代になり、天正期に入って、ようやく息を吹き返した如くで、誠仁親王の会が始まり、八年頃には内裏歌合も催される。しかし歌壇的に見た場合は、天正十年代の半ばから慶長十年代中頃までを一つの時期としてとらえられそうである。この期の前半は、後陽成が天正十四年（一五八六）に践祚し、秀吉、次いで秀次が関白となり、秀次が文禄四年（一五九五）に、秀吉が慶長三年（一五九八）に他界するが、そこに参向する公・武家たちも歌会を催して豊臣文化圏といったものが成立していた。同時期、後陽成宮廷では月次会が復興、法楽歌・着到歌などの催しも多く、歌壇は頗る活発化した。後半の時期、慶長十年代までは宮廷を中心に歌壇の動きは前半期を継受していたと見てよい。

後陽成歌壇で注意すべきは次のことであろうか。

第一に、慶長五年に細川幽斎の智仁《としひと》親王への古今伝授である（古今伝受あるいは古今相伝などの用語・表記の件は今は措いて、一般的な古今伝授の表記による）。古今伝授に関しては、例えば籠城の幽斎を救うために後陽成が勅使を発したという話が象徴するような高い権威を（とりわけ三条西流のそれを）、いつ、どうして備えるようになったのだろうか。天正十八年九月に後陽成が幽斎に古今伝授を望んで、若年故に果さなかったということが兼見卿記に見えるが、これは、後奈良が実隆・公条から、正親町が公条から伝受した跡を襲おうとしたものであろう（なお後柏原は尭恵《ぎょうえ》から古今集の講説は受けたが、実隆から伝受はしていないようだ）。古今伝授が和歌に携わる上で重要な学習・儀礼であるという認識はあったにしろ、元亀末・天正初の実枝から藤孝（幽斎）への古今伝授の折も、戦乱期ではあったが歌道流派内の営みで、どの程度一般にも仰がれる文化的権威であったのか、不明の点がないわけではない。また天正十年代の幽斎は、宮廷人を含む、（今風にいうと）文化人・教養人の間でどのくらい高い評価をえていたのであろうか（この辺、更に細かい検討が課題となろう）。

今いちおう次のように考えてみたい。すなわち信長時代を経て秀吉の時代に入り、宮廷の地位の安定化と共に、その文化的権威が復活上昇し、伴なって歌壇の地位も高められ、その過程で二代の帝に古今伝授を行った三条西家の権威があらためて認識・重視され、そこで三条西の門流であり、歌人として、とりわけ古典研究に熱心で、しかも母方の祖父は大儒清原宣賢と、公家の血を引く幽斎の存在が注目されて来たのではなかろうか。その背景には武家社会における名声・実力が暗々裏に物をいっていた、ということも想像に難くない。繰返すことになるが、安定に向った宮廷歌壇の中で、和歌の権威の象徴として高められて来た古今伝授とその継受者としての幽斎の立場が確認されて上記天正十八年天皇の古今伝授希望となり、慶長五年の幽斎から智仁への古今伝授へと繋がったということなのであろうか。この後陽成歌壇という宮廷体制の中に古今伝授を組込んだ意味は今後もより精しく問われて然るべきであろう。因みに、古今伝授に関しては小高道子「三条西実枝の古今伝受」（『和歌の伝統と享受』'96所収）、「御所伝受の成立と展開」（『近世堂上和歌論集』'89所収）などを参照されたい。

次に後陽成は、千首和歌を初めとするさまざまな形式での催しを行った点が注意され、更に後陽成自身、『方輿勝覧集』等の名所歌集を編み、『詠歌大概』を講じ、伊勢物語・百人一首ほかの注釈書を著し、古典研究に熱を入れ、ある。

「従神武百数代末和仁」（『名所之抜書』）などと奥書に記してもいる。勅版の実行も著名である。以上すべては皇室の文化的権威を高揚しようとする意志に基づくものである。かくして古今伝授の宮廷への吸収を含めて和歌に関わる万般の事跡を復興・整備させようとしたことも、皇室の権威発露の一環であると了解されるのである。

この後陽成歌壇（或は文壇）を重視しない見解もあろうが、拙著（『中世歌壇史の研究 室町後期』'72）に少し触れ、林達也「後陽成院とその周辺」（『近世堂上和歌論集』）に詳述されていることに基づいて更に検討されて然るべきであろう。

後陽成の歌壇は、その形態といい、事跡といい、中世歌壇の総結算の如き趣があり——その皇子後水尾とが不和であったのは有名だが（熊倉功夫『後水尾院』'82）、そのような個々の愛憎を超えて——後水尾院歌壇の基盤となったのではあるまいか。

さて、後水尾院以降の歌壇を（一応慶長末以降からと考えておくが、その時代を含めて）近世の初めとすることは定説と見てよいのだろう。すなわち後水尾院時代の歌壇は、宮廷では院によって古今伝授を軸として公家歌人の積極的なまとまり、修練が求められ、学芸の高揚があり、一方地下歌壇の成育や木下長嘯子らの存在などをトータルとして眺めると、明らかに中世歌壇から変化した相貌がみられるのではあるまいか（以上、私見によって緒論から読みとれる点をまとめただけで、今後近世の専門家の教示を受けたい問題である）。

なお蛇足を加えれば、前に引いた近世前期における歌論の諸説を見て、後水尾を含む近世前期は三玉集の時代と連続しているという見方もあるが、次のように考えてみてはどうであろうか。すなわち近世前期堂上歌壇は、三代集や新古今を純古典とすれば、頓阿ら二条派和歌、とりわけて三玉集を準古典（手本）として学ぼうとした。当然に歌風は近接する。が、規範として仰がれる（三玉集等の）時代と仰ぐ時代との間には、連続しているように見えつつも、やはり浅いか深いかは見方によって異なろうが、溝は存するのではなかろうか。

小括をいえば、後陽成時代の歌壇は、中世の総決算であり、次代への基盤であった。幽斎の中世歌学の集成は即近世の始発駅であった。秀吉・秀次をめぐる歌壇にも古さと新しさとあることは拙著で記した。つまる所一五八〇年代半ばから一六一〇年代初め頃までは中世から近世への転換期とみてよくはあるまいか。

なお後水尾院歌壇については、日下幸男「後水尾院の文事」（国文学論叢38）、前掲鈴木健一著、上野洋三『近世宮廷の和歌』（'97）ほか、また『近世堂上和歌論集』（前掲）・『近世の和歌』（'94）、『解釈と鑑賞』'96・3（「近世の歌人たち」特集）所収の諸論などを参照されたい。

6　終りに――和歌史の構想

和歌史全体の構想について管見に入った近時のものとしては、島津忠夫の一連の論著がある。島津は『和歌文学選――歌人とその作品――』（'84）、『和歌史――万葉から現代短歌まで――』（'85）で、次の十期に区分した（番号は私に付した）。

1　上代前期――和歌の成立
2　上代後期――天平万葉の流れ
3　中古前期――三代集の世界
4　中古後期――新風への胎動
5　中世前期――新古今の時代

6　中世後期――玉葉・風雅から幽斎へ
7　近世前期――堂上と地下
8　近世後期――復古から新風へ
9　近代　――明星とアララギ
10　現代　――現代短歌

上掲二書では、この十期を十名の研究者が分担して選歌・執筆した。更に島津は「和歌史の構想」という論を同名の編著（'90）に記し（『和歌文学史の研究　和歌編』'97にも所収）、このように十期に区分してみると「和歌史の切れ続きの両面が和歌史の流れとして把握できて、連続的な移り変わりの実相がいっそう明らかにな」ると述べている。但し久保田淳から、時代区分としてはおおむね成功しているが、「玉葉・風雅から幽斎へ」というのはいささか無理があり、勅撰集の終焉が一時期を画する事柄だったのでは、という批評を受けたという。そこで島津は右の「和歌史の構想」でそれを踏えつつ各時期の特色を述べている。若干の注記を行うに止めるが、1から2へは万葉の頂点としての人麿から、個人性・叙情性の勝った高い境地の家持に到達、有名な巻十九三首の左注にみえる理念も高度な達成が見られること、3は晴の歌の世界で、背後に褻《け》の歌の世界の開けていたこと、4には歌道師範家の成立、千載集・西行が含まれること、5は新古今から続後撰まで、6は和歌の家の分裂から室町末に「二十一代集」という言い方による勅撰集終焉の意識の明確化、7は幽斎の古今伝授が堂上・地下に行われたが中心は堂上であったこと、8は7を脱却してのち蘆庵～言道らの新しさは近代に続く相のあること、9は浅香社結成から、10は『日光』廃刊以後、としている。

和歌史全体を見渡しての時代の区分とその特徴を簡潔に記したものとしては、近時この島津論の外は管見に入らない。島津は、当然多くの論文と作品を踏えて構想を立てたと思われるが、今後はこの島津論文を批判的に継受して、各自の和歌（史）観に基づく構想を立てるべきであろう。

伝統の重荷を背負った和歌の流れは、概して緩やかなものであるから、和歌の性格が変って行く時には、その前に過渡期・転換期のあるのが普通であろう。和歌史を大きく上代・王朝（中古）・中世・近世・近現代ぐらいに区分してみると、私の専攻する時代に関していえば、一つは院政期で、藤平論がいうように、和歌の性格はまだ王朝のそれを克服しきっていず、作品を緻密に読めば文治・建久期以後が中世と見られるのではあろう。

しかし歌壇構成も、歌学（代表的なのは六条家歌学）も、また経信・俊頼以降の歌風も、明らかに王朝和歌の世界とは変化している。すなわち（私見では）院政期は、王朝的なものを遺しながら中世の色の濃くなった時代である。もう一つ、後陽成の時代は、その代表的歌人の一人である幽斎が、中世の総括者であると共に近世への出発点に位置することに象徴されている点からも、そして宮廷歌壇の様相を見ても中世の決算期であると共に次代への傾斜が著しい時期である。こういう時期を前後どちらの時代に入れても、敢ていえば両方に入れても差支えないであろう。

結局「一　初めに」に述べたことと照応するのだが、和歌史の構想は、歌人のあり方や広く環境を含めた歌壇の様相、歌学・歌論の性格、表現の緻密な調査を含む歌風の特質、それらの総合的考究の上に行われるべきもの、というしごく自然な結論に落ち着かざるをえないのである。

第八章　書架解体

前書き

もと架蔵の和本（板本を除く）について触れておく。多くの蔵書があるわけではないが、長い間、僅かに入手した写本に、奥書類の存するものを、優先して掲げてみた。それは奥書が一つの史料となる場合があり、また同様の伝本中の位置が窺える場合のあることなどに依ってである。なお奥書以外の若干の注記を行った場合もあり、また奥書なき本もいちおう掲出しておいた。

初めに書名を『　』に入れて記した。その下に、冊数・印記など若干の事を記した場合がある。書に題がなく私に付したものは〔　〕に入れた。書名の下に「写」および冊数の記載なきものは江戸中末期写の一冊本である（多くの本がその頃の写）。江戸期でも少々古い時期の写本は「江戸写」と記した。また〈某年〉の「書写奥書」とあるものは概ねその年の写と思われるものである。奥書類をそのまま引用した場合は「　」に入れて記したが、要点のみを記したものも多い。本稿は目録というほどのものではなく、順不同に旧架蔵本を排列したメモに過ぎないので、様々な点で不統一・不十分な表現の多いことをお断りしておく。

1 歌学・歌論

『定家卿十体』
元良親王の歌「わびぬれば……」より宮内卿の「かた枝さす……」までの歌を十体に分類。
延徳四年七月正広・延宝二年霜月中旬成庸写の本奥書がある。

『詠歌大概注』
「説文に情は人之陰気……」以下。朱注書入あり。一オ右下に「万里小路睦子」の朱印、天正十四年八月下旬玄旨、十五年十二月四日、文禄乙未孟冬玄旨の本奥書。

『和歌詠法秘伝』（詠歌一体甲本）
「以相伝秘本具書写校合訖　散位為秀花押（写し）」「少年之筆跡甚狼藉雖不被見解以相伝秘本祖父卿筆具令書写校合訖尤可為証本哉　左少将為秀」（本奥書）、別筆「了俊七帖秘抄内也　花押（写し）」。

『夜のつる』
末に為和の名、また寛政四年九月浅井政英奥書。『近代秀歌』『近来風体』等を合綴。

〔愚問賢注〕（大和仮綴）
本文中に朱による校合がある。貞治二年五湖釣翁ほかの本奥書。「明治十八年四月以一本校合了　渡辺玄包」（朱筆）。

『愚問賢註尭恵抄』（堀口美賢蔵等の朱印）
「明応第七林鐘上旬」の本奥書。

『耳底記』（三冊。「阿波国文庫」の朱印）
一つ書き形式。終りの辺に慶長七年十一月の記事、また制詞と歌など。「右詠哥制之詞雖耳底記内光広卿別紙聞書ニ有之令書写附其後者」とあり。

〔八種合綴〕（八冊一具）
伊勢物語七ケ之大事裏説并清濁口訣条目切紙・古今集切紙ほか・八雲神詠秘訣并超大極秘人丸伝・古今箱伝受・新古今七十二首秘訣口訣・春樹顕秘抄・詠歌大概安心秘訣・百人一首秘訣。享保写。

『和歌淵底秘抄』（「醍醐蔵書」「忠順之印」の印記）
「夫木和歌者」以下。嘉元三年十月三日桑門慈寛、正和四年八月廿三日権律師源俊、文禄五年南呂下旬二品親王、嘉永七年四月廿三日藤原忠順の本奥書、明治十七年二月廿九日醍醐忠順の書写奥書。新写（明治十七年写）。

『一条禅閤兼良公自筆二条冷泉』
内題「古今伝」、「可睡斎　文明十二年仲春」、次に「古今三鳥伝」がある。

〔筆のまよひ〕
内題「飛鳥井秘伝集上　題林抜萃抄」。寛永十八年の本奥書。他の一本に、従三位雅章に望みえて寛永十八年江戸にて写す旨を記す。

〔飛鳥井秘伝集　下〕（扉書き）
宝永四年仲秋、同六年初夏の本奥書。

『和歌功能』（近代写、福井久蔵の蔵書印）
出題之事～披講之事。宋世・宗栄の本奥書（宋栄は宋世門、堺の医師。佐々木孝浩『古典資料研究』4、'01。

『二根集』
抜萃本なること、元禄十五年写の奥書。但し写の時期はかなり下る。なお別に福井久蔵写「二根集抄」がある（神宮文庫本の写か）。

『懐中抄』
天明二年十月玄三写の奥書。

『八雲神詠和歌三神之大事』
文明六年十二月卜部兼倶、永正六年三月前博陸侯、宝永之年長雅、享保十六年氏朝奥書。

『八雲御歌秘伝抄・古今秘伝抄』
天正廿年三月、文政八年冬「釈雪渓」等（文政八年写）。

『歌道筒守』
享保二十年六月潮翁本を以て写（谷川公介士清父謹識）、享和辛酉三月中臣連直樹写（享和乃至は少し下るころの写）。

『新旧作例読方口決　中院通村工案』（端作り）
松平伊豆守臣岡本十左衛門貞菊の本を延享元年九月十四日中嶋充直書写奥書。

『和歌秘伝抄』
明和八年刊記を写、昭和七年九月鳥野幸次、図書寮本にて写す奥書がある。

『和歌初重秘抄』
寛政四年六月易之の本奥書、文化五年二月の書写奥書がある。

『風竹亭和歌御伝書』
寛政五年二月風竹亭実記、文化四年正月正郷奥書。

『詞道覚悟之記』

「弘資卿聞書」「仮名文字使」等々を含む。嘉禎四年九月定家自筆本を以て写す文安元年四月羽林郎将藤原、冷泉為満本を写す慶長十九年八月の本奥書、寛政五年八月散位藤原実□書写奥書。

『六根八柏集』

「喚子鳥之事」以下。貞享五年、元禄辛未等奥書、文化六年四月の書写奥書がある。

『歌道要訓抄』

諸家の伝書より書抜く、という源俊秀奥書、その脇に文化八年春書写という朱筆がある。

『和歌秘伝書』

一つ書き。文政七年四月求む、槻廼屋弓獵奥書、そのあと朱にて昭和十一年写（大庭紳□）。

『切帋』（二冊）

「文明十二年中春日　可睡斎」。

〔歌学書〕

「新撰随脳」以下。昭和十一年大場芳男写。

『和歌出葉抄』

本文百三十九条、そのあと「古今和歌集大伝授」、東常縁・宗祇・細川玄旨・烏丸光広・西園寺実晴等奥書、伊勢物語七箇秘訣等を付し、明治廿五年の小字メモ。

『和歌会席作法』

「依厳命任本書写之訖　三井末葉（花押）《（道増也）》」、右を写す幽斎、宝暦三年仲冬長隣、天明七年九月病床にて書く源尹祥書写奥書。

『和歌懐紙短冊認様同会席次第近得其他』

永正十七年夏、大永七年円甫、明治二十五年二月中村種夫奥書。

『和歌講式』

嘉元三年九月蓮勝、宝徳四年了誉、久《（文）》明四年本奥書、渡辺千秋旧蔵本。

『和歌会式法』

安政四年九月七日渡辺常品書写奥書。

『和歌口儀』

末に「和歌肝要」を付す。建保二年三月歌林末学隠士、永仁四年十一月理達奥書ほか。

最後に明治十二年十一月塩田建の奥書。

『和歌会作法』

「懐紙」以下、一つ書き。杉浦氏本を寛政三年七月写の平高潔の書写奥書。

『和歌会次第』

「懐紙事」ほか。朱注・付箋あり。康永三年三月為秀本奥書、末に「明治三十二年七月」(朱)。本文は江戸末頃の写か。

『名所便覧』(三冊)

〔和歌一字抄　下巻〕

奥書なし。(参考)文弥和子「翻刻　花の屋旧蔵本和歌一字抄　井上宗雄氏蔵」(大東文化大学『日本文学研究』8、'69・2)。

『古来風体抄』

残欠本。

『和歌桐火桶』

「永正元年十一《(マヽ)》月八日定家花押の本奥書。

以下、適宜入手したものの書名のみを掲げておく。

『作歌故実』(二冊。乾坤)　『詠歌大概注』

『詠歌覚悟』(小本)　『竹園抄』(残欠本)

『明題古今抄』　『詠歌聞書秘書』

『和歌勲功集』　『古今阿古根浦口伝』

『倭哥灌頂』　『和歌秘伝集』

『和歌密集聞書』　『和歌口訣裁紙伝』

『和歌並諸秘訣集』　『和歌師資相伝血脈譜』(三紙つなぎ)

『和歌作法』(阿波国文庫の印記)

『増補和歌作法』　『和歌会已下式』

2 撰集

i 勅撰集関係

『古今集《東子爵家本》秘抄』(福井久蔵本)

序跋のみ。文亀・永正・享禄等の本奥書。跋に正徳三将曹秀(花押)。近代写。

『古今三鳥切紙伝受』

安政三年十一月、寛政二年三月淡海国長浜仏閣宝庫を得て、という書写奥書。

『古今和哥集伝授書』

奥に「可睡斎　御判」とあり。

『古今集口伝聞書』

「所一見存分無相違尤以無比類歟　文明十四春正月日宗祇判」「同十九年未六月重聞此説加筆早　尚柏判」。

なお延徳弐年三月肖柏奥書あり。渡辺千秋旧蔵。

『古今和謌集伝授切紙』
「右古今聞書大事切紙也、東下野守常縁書之　宗祇在判」、元禄十一年仲秋清原長須叟写すという本奥書あり。
『古今和歌集相伝之次第』
「初重」以下。「嘉吉三歳睦月　写之（花押）（写し）」。
『三代集仮名句題本歌証歌』
三代集の七文字の句（「春立けふの」以下）を題にして室町期歌人の同題の歌を掲出。「文化八年未三月　敦善写」。なお三代集仮名題歌は永正初頃宮中月次会にて催行。
〔九代抄〕
室町末写。恋部よりの残欠本。後撰～続後撰より抄出した歌の注。文亀三年孟冬上旬夢庵奥書。
『古今伝』（二聖伝以下）
『古今集句題百首』
『新古今集　二帖』
室町初期写（伝冷泉為尹筆）
『三七集』　残欠四冊
二十一代集歌を題ごとに分類。秋冬～雑。（春夏欠）

『新葉和歌集』　五冊　万里小路睦子写。」
『新葉和歌集』（上巻）
寛政十三年弥生、七十六翁守寿の書写奥書。

ii 私撰集関係

『続詞花集』

末に真名跋文、「以九条三位隆教本撰者自筆書写校合畢」（なお同集夏～冬の零本一本を架蔵）。

『自讃歌』（歌散らし書き）

末に歳十八の「□□女」の筆とあり。

『続現葉和歌集』

類従本同系。

『続撰吟抄』

「天文九暦三月日　在判」。

『続撰吟抄』（江戸写）

「天文十暦正月」、寛永第六暦初冬廿四日参議羽林親顕などの記あり、なお歌会歌あり、末に「天文九暦三月日」。江戸前期写本。

『隆季集』

内容は私撰集。右京亮量胤の本を写した明応二年林鐘尚保の奥書等、文久三年十一月四日みなもとのたゝなをの書写奥書。三村晃功の翻刻がある（『中世私撰集の研究』和泉書院、昭和60）。

『盃石証歌集』

山城（「石蔵　うこきなき」拾遺集歌）以下の国別名所歌集。常陸までの残欠本。江戸末の写本だが、末に「大正四年二のメモがある（『和歌大辞典』の該項参照）。

〈名数和歌集〉（小本）

三夕和歌など十九ケ度の名数歌を掲出。

「秀隆卿筆也」（宝暦八年没の鴨秀隆カ）

『神仏歌集』

享和四年正月写の「三井」のメモ、末に大正十年の朱書。享和四年写か。

『証歌集』（横本）

勅撰集・定数歌・家集（雪玉・柏玉集に至る）の歌を春・夏・秋・冬に部類、恋・雑欠。江戸中期写。

『新類題集』

春部のみ。歌の出典注記の下限は室町末。

『新類句和歌集』（「冷泉府書」の印記）

風雅～新続古今集歌の第二句の頭字をいろは順に掲出。「む」～「こ」のみの零本。

3 家集

『菅家御詠歌』

春「きのふまて雪けの空の……」以下、雑に至る。寛文二年六月重則の本奥書。

〈瑠璃壷之道　天神御詠歌〉

「玉くしけはこねの宮井……」以下、七十七首。「右一帖瑠璃之道と云」。次に「天神御詠謌」四十七首。

〈玉吟集〉

残欠本（定数歌六ケ度「中」の五十首以下）。

『為世卿集』

『新編国歌大観七』所収本の底本。

『芝蘭風躰抄』

草庵集正続よりの抄出本か。

『松下集』（正広家集）（三冊）

平戸藩蔵書・楽歳堂図書印ほか。松浦家旧蔵本。上冊は定数歌、中・下冊は文明十五年以降の日次詠草。

『徳大寺実淳集』

『私家集大成六』所収本の底本。

『園草』（飛鳥井雅俊家集）

『私家集大成六』所収本の底本（自筆？）。

『雪玉集』十八冊・板本
「三条西蔵書」の印記。寛文十年正月二条通松屋町武村市兵衛刊。『新編国歌大観八』所収本の底本（板本だがこの件により掲出）。

『後柏原院・三条西実隆歌集』
もと列帖装、現袋綴改装。
①文亀三年桃花節よりの百首、②文亀三年九月九日よりの百首、③永正二年三月三日よりの百首、④永正八年三月三日よりの百首。すべて院・実隆各百首の歌を一題の下に並記。③④に錯簡あり。

〈公条家集〉（「伊達伯観瀾閣図書印」の朱印）
「初冬　いつよりか身には……」以下、冬・恋・雑の残欠本。元禄戊寅（十一年）孟春の建顕、元禄己卯（十二年）菊月の吉村の本奥書。

『三光院御集』
三光院実世と称名院公条の定数歌集。

『三光院集』
天文～天正初頃の歌会歌ほか。なお他に「公条集」かと思われる（三条西実澄公の歌）「三光院集」等がある。

『甲信紀行の歌』（天文十五年の紀行中の歌）
大正十四年九月三条西本を福井久蔵写。伊藤敬『野田教授退官記念日本文学新見』（笠間書院・昭和51）に翻刻。

『公維公詠草』
『中世百首歌三』所収。徳大寺公維自筆。

〈「三条西公条・実世・公国・実条詠草」〉
寛永十年八月廿一日の本奥書。

〈江雪詠草〉・草庵中（「今川氏真詠草」と合綴）
「寛永十二亥乙亥年五月下旬畢」の書写奥書。井上編『中世和歌　資料と論考』（明治書院、'92）の内に江雪分は中田徹の翻刻・解題がある。江雪は戦国末期の武家歌人。別項（付）の百首解説参照。なお本集合綴の「草庵中」は望月俊江・井上の翻刻と解題が上掲井上編著に所収。一七〇首所収。また氏真にはもう一部、別本井上蔵「詠草中」がある。八一六首を収める大部な家集で、松野陽一と共編で『私家集大成七』所収。

『也足軒素然和歌集』
「以梅月堂老比丘尼本写了　賀茂保考」「以甲斐守加茂保考県主本書写了　寛政八年仲冬西三台（花押）」（後者は書写奥書）。『私家集大成七』（通勝Ⅲ）・『新編国歌大観八』所収本と同系。

『也足集』
詠百首和歌五ケ度を収める。「本云慶長十八年卯下旬書之」「寛永四年二月九日被書写写本阿野中納言本也」と本奥書。

『秀葉集』（烏丸資慶家集）（二冊）
享保十三年季春烏丸光栄の文、寛政九年十二月修理権大夫光実。後者は書写奥書。

『後水尾院御製』
部類本。

『三条西殿実教卿』
寛永十七～元禄七年の歌を部類。

4 定数歌

『権大納言藤原長親詠千首和歌』（耕雲千首。「阿波国文庫」の朱の印記）

『藤原師兼千首』

『宋雅千首和歌』
「立春朝」以下。末に飛鳥井家系図等。末丁裏に「宝暦二年壬申十一月下旬写之訖」と書写奥書。

『為尹千首』
「立春朝　紀の海や……」以下。室町殿の命により詠進の応永廿二年十月、寛文十二年源頼永の奥書のあと、宝永七年四月頼永本により写す高隆奥書がある。

『藤川五百首和歌』
「初冬時雨」以下。定家・為家・為定・安嘉門院四条・実隆五名の歌を掲出。享保十二年関口□の書写奥書。

『百首和歌定家為定為家阿仏』（藤川四百首）
「関路早春」以下、一題の下に上記四名の歌を並記。勧修寺尚顕真跡を写し、校正した旨の元禄庚午（三年）八月有道の奥書のあと、「元文三年戊午秋八月廿五日写之終貞泰」の書写奥書。別筆にて明治十八年夏七月廿七日購う季雄の識語がある。

『藤河百首抄』（「阿波国文庫」の朱印）
「此一巻尊師以正本令書写之尤他見在門敷（ママ）也」。

『藤河百首聞書』
元文六年二月下旬桜井某の、いたんでいる本を五日内に写した由の書写奥書がある。

『句題百首』
頓阿・良守・良春・頓宗・周嗣の各百首を一題の下に

並記。「遙峯帯晩夏」以下。頓阿点。元禄十二年十月奥書、貞治四年閏九月周嗣の異本奥書ほか、次に文化十二年三月下旬直利、とある。

『権大納言政為卿着到和歌』

列帖装一帖、室町後期写（伝政為筆）。

以下の十ヶ度の着到和歌所収。〇内裏着到百首（文亀三年九月九日）〇侍従大納言家実隆卿（千首着到百首和歌之内永正元年三月三日）〇内裏着到百首和歌（永正二年三月三日）〇侍従大納言家着到百首和歌（永正二年八月廿日）〇同所于時内大臣着到百首和歌（永正三年五月十八日）〇同所着到百首和歌（永正四年三月廿日禅林寺殿七百首題之内）〇同三百三十三首始之内（六月二日）〇内裏着到百首和歌（永正六年九月九日）〇内裏着到和歌（永正八年三月三日）〇着到和歌（永正十年三月三日）。『中世百首歌一』に（古典文庫、井上・大岡賢典）翻刻・解題。

『碧玉着到百首和歌』

「権大納言政為卿着到百首」の写。末尾に寛保元年十一月政為真筆を写す下冷泉宗家の書写奥書がある。

『後奈良院百首御詠』

「立春　立帰る……」以下。後小松院宸翰を以て写す奥書。

『詠百首和哥』（江雪）

別項の翻刻を参照。

『紹之百首』

『中世百首歌三』所収。江戸写。

（近衛信尹北野法楽百首・為綱卿和歌）（「勝安芳」の朱印）。

後表紙に、天保十四年八月廿六日「釘装成」とあり。

『鷹百首（注）』

（蹴鞠百首和歌　ほか）

「蹴鞠百首」（「身を近く……」以下の末に「飛鳥井二楽在判」）、そのあと「蹴鞠要法序」～「訂補藤浪記」まで。「新分一英保　六十四歳拝稿」。

『最明寺百首注』

裏扉に「宝暦六丙子天八月下旬　肥後川尻下町今村氏」。

『名所百首』

順徳院・定家・家隆各百首の略注。「音羽川」以下。

『建保百首』（名所百首和歌聞書）

順徳院・定家・家隆の各百首注。

『建仁元年仙洞句題五十首』

「初春待花」以下。続類従十四下と同本。

『磯の玉藻』（紅梅文庫の朱印あり）

明応八年十一月勝仁親王催行の内裏五十首。後土御門院以下十名。天保八年石川屋市兵衛所蔵の識語あり。

『百人一首抄』（江戸写）「尾関家蔵」の印記

「秋の田の……　序歌にて幽玄躰の御歌也……」以下。挙卓軒宗成跋、そのあと文明十年四月十八日宗観への宗祇奥書等。

『小倉色帋歌の心』

各歌注の上欄に朱の細字注。文政二年三月十八日永田（某）識語。別筆にて明治十四年二月十三日井上恒次所蔵の署。

『新百人一首・筆のまよひ　ほか』

5 和歌合集・ほか

（和歌合集）

「和歌てにをはの秘事」以下、歌書からの書留めなど。終りの部分に「為兼卿記」がある。「先代御便覧」風の一冊本。所々、元禄の年次、日野輝光の署などがあり、末に「従二位行権中納言兼左衛門督藤原朝臣判」とある。

『耕雲千首抜書・百卅番哥合・蓮性陳状』

耕雲千首・後嵯峨院百三十番歌合は抄出。天明七年五月、文化弐年七月再写、斎藤勝憑蔵の奥書。文化二年写か。

（宣胤卿　ほか）

丁字引の表紙。近代の写（福井本と思われる）。外題・内題ともにないので、一応、巻初にある「宣胤」の名をとって、「宣胤卿　ほか」と仮称しておく。内容は和歌合集（補遺〈1〉）。

『類聚和歌』（補遺〈2〉）

『天文十一年春日社法楽詩歌ほか』

天文十一年十二月十二日春日社法楽詩歌（大証以下。『中世歌壇史の研究　室町後期』に紹介。瀟湘八景・近江八景・南都八景等八景歌。仙洞屏風不尽山三穂浦図・名所歌・飛鳥井雅章吉野詣を収める）。

『禁裏御障子和哥并宗通宛贈答』

典仁親王ほかの近世和歌、亜槐集の一部など。終りに名所和歌四十八首。「関東大樹公御屏風土佐家画図名所四十八ケ所和歌」、文政四年四月下旬正甫等の（書写）奥書。

『五十首続哥』

続歌および百首歌等合せて三十五点を収めるかなり大きな集（補遺〈3〉）。

『三十首和歌詠草』

十五首一ヶ度、三十首四ヶ度所収の和歌合集。家隆三十首（俊成評点、「たをやめの」以下。補遺〈4〉に翻刻する）、文明十六年九月十五日三十首、長亨二年六月廿六日十五首歌会（三十日とも）、豊原統秋三十首（実隆点）、飛鳥井雅章三十首（補遺〈4〉）。なお「長亨二年六月会、雅章三十首」のみを録した福井本がある。

〔詠三十首和歌〕室町後期写

高国・国弘・孝盛・恵空・忍継・尭空・宗清・反阿・応猷・公順・常興・道堅十二名の各三十首。末に「円満院宝蔵」（黒印）。書陵部本・立教大本等がある。大永四年冬～五年にかけての北野社法楽歌（『立教大学日本文学』45、昭和55・12所載、大岡賢典・山田洋嗣・杉本英一「聖廟法楽三十首和歌」参照）。二、三の歌人の歌を録しておく。

空はまたそれとわかねとくる春のめに立そめてかすみたなひく（高国、巻頭歌）

けさかすみのとけき空のうれしさをつゝむ袖とやゆたかにそたつ（尭空）

移りゆかむ色の千種をはつ春の緑にこめてたつかすみかな（宗清）

四方の空霞の色もかはらねと春は都の雲井なりけり（道堅）

『瀟湘八景』（「銅駄蔵書」（朱陰刻））

「山市晴嵐」以下一名所八首（頓阿・実隆・為尹ほか）。有吉保「中世文学に及ぼした中国文学の影響――瀟湘八景歌の場合――」（『日本文化の原点の総合的探求1』昭和五十九年、日本評論社）

『三代集　拾玉集　仮名題』（享保写）

三代集より仮名題となる句を抄出、歌を記す（「春たつけふの」～「袖ひちて……」）。次に拾玉集「賦百字百首」の題と歌を掲出。「北小路」（朱陰刻）、「右享保十六年五月書写之」と書写奥書がある。

『射儀指南之歌』

「踏ひらく広させはきの足の間はかたの広さの程にしたかへ」以下、日置流の射儀指南歌。文化二年三月遠

山忠左衛門親敬（花押）、小田宇三郎宛の奥書。

『佃か軍歌』

北条氏康・太田道灌・武田信玄・上杉謙信らの作と伝える武将の歌集。

『十二月花鳥和歌』

『別歌百首　高藤物語』

『めつらしき題の歌』

〔手鑑〕折帖　一帖　表紙右下「桃園文庫」の整理票（池田亀鑑旧蔵）

短冊・色紙・古筆切など49葉、室町期中心。古筆切は和歌が中心、連歌・物語等若干。小島孝之「井上宗雄氏所蔵古筆手鑑について」（『立教大学日本文学』68、'92・7）に翻刻・解説。

〔雄長老・入安狂歌百首〕（江戸初期写）

（扉）「雄長老狂哥并入安狂哥也足点 也足軒素然中院通勝公法名」

雄長老狂歌は「立春　春のくるしるしを……」以下、朱点・評詞もあり、末に「僻墨六拾二首　内長十五」。入安のは「立春霞」以下、末に「点五十八　内長十三」。『狂歌大観 一』参照（雄長老は彰考館本、入安は阪大本を底本）。

〔倭漢聯句〕

楮紙袋綴一冊本。二〇・八×一三・二糎。墨付四十丁、一面七行。内題・外題なし。新写本。文禄・慶長度の五種（各百句）を収める。百句の末に作者名と各句数を掲げる。①文禄四年正月廿六日、②慶長三年三月九日、③慶長十八年九月廿三日（発句「菊の色に暮はて、行烋もなし　内大臣）、④慶長年間の十月廿五日（発句「落葉して置露かろき滴かな　式部卿宮」、⑤於専益宅元和八年十一月廿三日　窓のうちのことはの花や枝の雪　昌琢」。①②の表八句を掲げておく。

和漢聯句　文禄四年正月廿六日（書陵部本ほかがある由）

風しるし霞のうへの嶺の松　　白（道澄）
雪融ヌ溪-水流ル　　有節
落-波帰-雁ノ影　　南化
あしの葉そよく月のさやけさ　　法印 玄旨
夕霧はかきほ絶〳〵晴わたり　　日野 大納言
軒に音せし時雨の露　　紹巴
隔テ箔ヲ竹ニ涼キ-色アリ

刷《テ》レ衣《ヲ》枌《キ》晝-遊《ヲ》　英甫
諸ともにめくりあふこそ心しなれ　玄仍
和漢聯句　慶長三年三月九日
わきて先咲や都の山さくら　白
帯レ雨柳偏《ヘニ》-東《ス》　梅□（印カ）
檐-外燕-新語《ニル》　玄圃
あけわたりたる門のはるけさ　紹巴
田面行水にうつろふ空の月　大《日野》納言
秋風はらふ池のうき草　玄旨
露冷《ニソ》　敗-荷-倒《ル》　英甫
午閑《カニソ》　佳-茗-濃《カナリ》　集雲

『連歌初学抄』
賦物篇「山何」以下。式目篇（「連歌新式」応安五年十二月以下）。「右以伊地知蔵本書写三本之内　昭和九年八月二十四日　星加宗一識」ほか）。
『仮名遣近道』（横本）
「ひをいにつかふ事」以下。後半は一つ書き。「寛永二年七月日　実条」（久脩侍従との宛）。
『扶桑拾葉集』異本七冊十二巻（箱あり）「残花書屋」（戸川濱男旧蔵）印記
第一冊は表・目録・系図、第二冊以下本文（「十訓抄序」以下）。『国書総目録　八』所掲の「異本」の書目と同。

補遺

解説が長くなると思われる四点につき、補遺として以下述べたい。

それぞれ項目を挙げ、または簡単な解説を付したが、拙著『中世歌壇史の研究　室町前期』『（同）室町後期』に付した「室町（前・後期）歌書伝本書目稿」に未記載なものは、それに倣って歌人名ほかを列挙するようにした。なお〈2〉〈3〉の記載の内、＊および＊＊の印は、＊が拙著『室町前期』に、＊＊は『室町後期』に若干の記述あることを示す。

1 〔宣胤卿　ほか〕

無外題、丁字引の紙表紙、袋綴一冊本。仮に巻初の「宣胤」の名を採って書名としておく。二六・三×一八・五糎。本文料紙は楮紙、十一丁、歌一首一または二行書き。一面八～十行。近代写か。左記の五種を収める。

(1)内題（端作り）なし。最初の部分を掲げる。

中御門大納言宣胤卿

春

なへて世をてらすをみても春の日の名におふ影を先あふくかな

むらさきはちゝの上なる色の中に藤にまされる花やなからん

かたみとはいつれをわかむ春の花千種になれし袖のうつり香

以下、夏二首、秋三首、冬二首、雑三首。そのあとに、
右なむかすかのたいみやうしんといふ十三字沓冠に置御詠春日へ奉納之由也
(2)「十二月和歌　畠山匠作亭」。続類従（巻四二二）所収「畠山匠作亭詩歌」の和歌と同。和歌一行書き。二丁半。
(3)毘沙門堂大納言藤為兼卿折句和歌。続類従（巻四三二）所収本と同。一丁。
(4)同詠卅三首沓冠和歌。岩佐美代子『京極派和歌の研究』に翻刻がある。一首一行書三十一首。続類従（巻四三二）『入道大納言為兼卿集』奥書に続く末尾の部分（文異同あり）。二丁半。
(5)「卅首和歌御当座　年記可尋」。
将軍足利義尚側近の歌会歌である。催行の年次は義尚の「秋田　秋山の麓のをしねこきたれて……」が常徳院集53により、文明十六年九月十五日打聞所当座歌会の歌であることが知られる。以下、全文を翻刻しておく。

三十首和歌御当座　年月可尋

風前萩　等貴
ちる萩のいろをうつさはうらみましすきゆく風のあとをたつねて

薄似人来　通秀
白妙のまたるゝ袖のいろに出ぬきくさく庭になひくを花は

霜夜虫　栄雅
ともなはんなれもわかみもいつまてそねてのしもよの虫のこゑ〳〵

遠鹿　実隆

みにちかく秋のあはれをさそひきて鹿のねとほきよはの山かせ
　秋田　　　　　　　　　　　　　義尚
秋山のふもとのおしねこきたれてかりいほさむみしくれふるなり
　霧隔嶺樹　　　　　　　　　　　基綱
秋のいろを心にこめて鴈のくるみねの朝きりはれま、つころ
　水辺菊　　　　　　　　　　　　為広
さく菊の花はちりなてみなせ川にほひや波にあかてゆくらん
　十三夜月　　　　　　　　　　　雅俊
おほかたの秋のなこりも長月に月のなをしくふくるかけかな
　有曙月　　　　　　　　　　　　小督局
おきわかれなこりの袖はつらからておもかけのこる有明のつき
　入後月　　　　　　　　　　　　政国
したひつる都の西の山のはをこえゆく月はたれをしむらん
　初紅葉　　　　　　　　　　　　政行
たくひなくみゆると山の初もみちあまたにやらぬ色をそめつ、
　柞紅葉　　　　　　　　　　　　貞頼
時雨ゆくは、そのもみちいく秋かそめいてぬまに嵐ふくらん
　行路紅葉　　　　　　　　　　　義尚

もみちこそたよりなからめ時雨のみ袖にこきいる、秋のたひ人

河紅葉　宏行

秋のなみうつろふ木ゝのはつせ川はやくそめてし色そなかる、

古寺紅葉　為広

はつせ山峯のもみちやもれぬらんいろなる鐘のこゑひゝくなり

不見恋　栄雅

言のはのか（「を」と重ね書き）せのたよりをいかてかはおもかけそへて身にもしめまし

不逢恋　基綱

あちきなやおもひねならぬ夢もいつ心のほかにいひもあはせん

不来恋　等貴

ひとりのみおもひみたれてかた糸の人はつれなくくるよしもかな

不留恋　実隆

あかなくにかへるはつらき時のまを人やあふよのかすになさまし

不相思恋　義尚

たか中のかたみもしらぬ袖のつゆと、めもおかし有明の月

山榊　政行

神かきにあらて年ふるみねにたに雲のしらゆふかくる榊葉

澗槙　通秀

春秋のいろもかはらすさひしきは槙たつ山の谷のした庵
　麓柴　　　　　　　　　　　　　　　　　　貞頼
山かつのかへるふもとのならしはのなれても袖をしほるゆふ風
　杣桧　　　　　　　　　　　　　　　　　　雅俊
名のみた丶くち木の杣にたつ桧原みとりもふかくしけるころかな
　杜柏　　　　　　　　　　　　　　　　　　為広
ことの葉もけにまもらなん杜の名のかしは木しむる神ならは神
　岡椎　　　　　　　　　　　　　　　　　　等貴
はけしくも峯のあらしの吹おちてをかへの岡に椎ひろふ也
　浜楸　　　　　　　　　　　　　　　　　　政国
さきちるはならひなれとも浜ひさきひさしく秋ややとりきぬらん
　磯松　　　　　　　　　　　　　　　　　　義尚
いつれとも時こそわかね磯さきやしほひの松にたつそ鳴なる
　門杉　　　　　　　　　　　　　　　　　　宏行
夏冬のいろそかはらぬわか門の杉はちひろのかけならねとも
　窓竹　　　　　　　　　　　　　　　　　　栄雅
草木にもあらぬ瓦の窓のまつに竹さへときもわかすふりぬる

補2 『類聚和歌』

本文料紙は楮紙。袋綴一冊。約二五×一九糎。本文四十四丁。一面十五行。上欄に題、次に和歌、下に作者名で、一行書きに収める。帙左に題簽あれど記載なく、紙表紙左に「類聚和哥 続哥」と直書き。目次が一丁（表のみ）、本文四十三丁、一面十五行、一首一行書き。江戸中期初め頃の写。

目次を掲げておくが、番号や＊などの記号、（ ）内の記載は井上の付したものである。

(1) 石清水社百首和歌 永亨九年三月十五日 ＊
(2) 住吉社百首続哥 年月日□□（同前カ）＊＊
(3) 宗匠家続百首 長亨二年七月八日 ＊（永亨五年三月十五日）
(4) 十六誓願哥 文明十六年□月□日（五月廿七日カ）
(5) 上原豊前守宿所会 長亨三年六月十日 ＊
(6) 長門国住吉社法楽百首 明応四年十二月十三日 ＊＊続類従
(7) 水無瀬法楽百首 永正二年二月廿二日 ＊＊
(8) 春日社御法楽百首 永正三年十月九日 ＊＊
(9) 百首 永正九年後四月十四日
(10) 石山法楽百首 享禄二年三月九日 ＊＊
(11) 水無瀬殿御影堂○御奉納五十首＊＊（文明十八年五月廿二日）
(12) 続三十首和哥 永正九年四月日御点取 実隆点

⒀続卅首和哥年月不知御点取　尭空点（永正十三年四月以後）
⒁後花園院御点取三十首祐雅点（宝徳頃）
⒂三十首和哥作者未詳
⒃続二十首和哥年月不知仍覚点（天文十九年十月～弘治二年九月）

右の内、＊および＊＊は作者など既知のもの（拙著『室町前・後期』参照）。＊・＊＊以外のものにつき略述する。

文明十六年五月廿七日十六誓願歌

「日想観　いそかれぬ心もうしやかのくにはこゝろゆふ日のかけをみなから」以下。御製・玄清・親長・基有・行高・邦高・為富・季春・忠富・教秀・貞常・祐紹・実隆・宣胤。

永正九年後四月十四日百首

「立春　くる春は山風なから音羽河をとにしられて浪そのとけき」以下。冬良・□□・公興・実隆・実香・乗光・政為・秀経・宗清・元長・宣秀・知長・公条・永宣・済継・忠顕・冬光・尚顕・公音・康親・隆康・伊長・為和・雅綱・重親・頼孝・宗胤・尚通。

永正九年四月日御点取実隆点

「海上霞　伊勢のうらやかすめる浪にかつくてふ見るめにあかぬ春の色かな」以下。作者付、御製六首、冷泉宰相一首、姉小路宰相五首。

年月不知御点取続卅首哥

「秋心寄萩／なをさりの色にみたるな秋といふ心をやとす萩のうへの露　愚詠」以下。

末尾の作者付によると、愚詠二、以下一首、親王御方・曼珠（ママ）院宮・冷泉前中納言・帥中納言・四辻宰相中将・

鷲尾宰相。「僻案愚点九首　釈尭空上」とあり、実隆出家の永正十三年四月以後。

後花園院点取三十首続歌

年月不記、宝徳年間か（文安五～享徳元の間）。祐雅点。「秋暁月　うちは□ふ露たにせはき袖の上にさのみはいか、あり明の月」以下。愚詠・親長朝臣・源政仲・公澄・雅行朝臣。

詠三十首和歌（作者未詳）

「霞満山　雪の色を霞にこめてさほ姫の山分ころも立かさねつゝ」。作者不記、合点七首。末に「右三十首以政為卿自筆之一巻書写了」「御点後柏原院宸翰」。

続二十首和哥

「神者雪　神かきにあらぬ袖まてかけそへて手向は同し雪のしらゆふ」以下。覚恕・中山大納言・親王御方・御製・四辻大納言《（季遠）》・按察中納言《（言継）》（覚恕・四辻が点二首、他は一首）。仍覚《（公条）》点。（季遠・言継の官に依り）天文十九年十月～弘治二年九月の間。

3　『五十首続哥』

楮紙袋綴一冊本。一四・五×二一・五糎の横本。江戸初期末または中期初頃の写。紙表紙左に直書き、「五十首続哥」。一面十五行一首一行書き。歌会歌・定数歌など三十五点を収める和歌合集。以下、表題・内容などについて略記しておく。

(1)「五十首続哥」

「五十首続哥　点飛鳥井」。冒頭に、「愚詠五首、相国入道四首、為尹卿三首、菅宰相一首、常永二首」、とある。「新秋雨　愚詠　＼風の音はめにみぬ秋のならひとや露にしらする今朝の村雨」以下。末に「僻案愚点十五首　宗雅上」等とある。＊

(2)「内裏御続哥 文安三年八月」
「元日立春　御製　＼もろ人の……」以下。＊

(3)「続百首和歌 尭孝法印点 文安四月日」
「都立春　雪間をも……」以下。＊

(4)「詠百首和哥」
作者名・年時なし。巻頭と、点ある歌一首を掲げておく。すべて一字題。

春十五首

霞

今朝はゝや都をかけてあし引の山のこなたもたつ霞かな

蕨

＼里人やわかな摘にしおなし野に又もえ出るわらひなるらん

末に「僻案愚点　栄雅上」（文明五年以後の成立か）

(5)（題なし）
「霞　御製　＼富士のねの煙の末もかく山や空もひとつに霞たなひく」以下。勝仁歌と一題二首並記。末に「僻案愚点七十六首　栄雅上」。＊＊

⑹「文明十四年五月廿一日　飛鳥井大納言入道点」
「曙郭公　思ひねに……」以下。末に「愚点十三首　栄雅上」とある。＊
⑺「文明十五年八月廿五日大納言入道点」
「小倉山」以下。
⑻「文明四年十一月廿八日　准后家百首」
「立春　曇花院宮／立かへる……」以下。＊
⑼「百首御製文明七年御着到　点者　右准后　左大納言入道栄雅」
「早春雪　今朝までも猶しら雪のふる年を空にのこして春やきぬらん」以下。
⑽「百首御製　点者　右准后　左　右兵衛督雅康」
「立春／風のこゑ人の心もけふよりそのとけかるへき春はきにける」以下。（後土御門院）。続類従所収。
⑾「准后点文明十三年三月尽」
「落花入簾／色もかも……」以下。末に「僻案愚点十五首上　義政」。＊
⑿「准后点　文明十四年二月廿九日」
「海辺花　咲比は……」以下。末に「僻案愚点廿六首　義政」。＊
⒀「文明十六年八月七日点大納言殿」
「深山花遅」以下。＊
⒁「入道左大臣点文明十三年十二月廿日庚申」
「杜霞」以下。末に「僻案愚点八十七首　禅空上」。＊

(15)「文明十四年八月十五日　点入道左府」
「池月」以下。末に「僻案愚点二十五首　禅空上」。＊
(16)「入道左大臣点文明十五年二月十六日」
「氷解」以下。末に「僻案愚点五十三首　禅空」。＊
(17)「右衛門督点文明十四年後七月十三日御当座」
「野徑霞」以下。末に「僻案愚点十二首　右衛門督為広上」。＊
(18)（題なし）（私注、明応四年十月八日）
「立春」以下。末に「僻点百二十首　参議藤原基綱上」。＊＊
(19)（題なし）（私注、明応五年九月十六日）
「江上霞」以下。末に「僻案愚点六十二首　参議藤原基綱上」。＊＊
(20)（題なし）「姉小路宰相点」と。
「天象　影を見し霜のまさこの白妙に明ても残る月の寒けさ　兵部卿」以下。御製・親王御方・式部卿宮・仁和寺宮・侍従大納言・兵部卿・右衛門督・按察・勧修寺中納言・園宰相。（明応頃）。
(21)（題なし）
「早秋　重経朝臣　秌と吹かせをしらせて……」以下。御製・親王御方・式部卿宮・仁和寺宮。実隆点。明応六
～九年頃。
(22)「恋廿首」（尭空点）
「寄月恋　今よりはいくよの……」以下。帥中納言（公条）・四辻宰相中将（公音）・鷲尾宰相（隆康）・重親朝臣・冷泉前中納言。永正十

二年頃か。

(23)「永正十三年十月四日」(尭空点)

「朝時雨」以下。＊＊

(24)「続三十首」(実隆点)

「見花　花の上は匂ひくはゝる……」以下。御製・親王御方・帥大納言(公条)。大永頃か。

(25)「雑廿首」(実隆点)

「曙鶏　鳴鳥の……」以下。御製・親王御方・式部卿宮・仁和寺宮・重経朝臣・延徳・明応初ごろか。

(26)「侍従大納言点　明応四年十月八日」

「立春」以下。＊＊

(27)「明応五年十一月十七日　侍従大納言点　続五十首和哥」

「関霞」以下。＊＊

(28)「詠百首和歌　擬得業経尋」(実隆点)

「立春　世はけふにうつりやすくもくる春を心のはなや先しりぬらん」以下。＊＊参照。

(29)「詠百首和歌　太宰権帥公条」

「年内立春　荒玉の年のをはりをくり返し光つきせぬ春はきにけり」以下。

(30)「詠百首和哥」

「暁立春　一とせのおとろく夢にくれ竹のよをいくかへり春はきぬらん」以下。

(31)「夏十五首」(尭空点)

「杜首夏　立かへてうすき袂にあらね共夏をは知や衣手の杜」以下。御製・親王御方・冷泉前中納言・帥中納言・四辻宰相中将・鷲尾宰相・重親朝臣。

(32)「右兵衛督」（雅康点）

「暮春花／今はとて別る、春を思ふにもなれてくやしき花の陰かな（実隆）」以下。

(33)「詠百首和哥」

「藤原為孝　春二十首　思ひやる心は知や立帰るみやこの春のけふはいかにと」以下。評点あり。末に「僻案点四十二首」、次に「あさからす……」等三首。『再昌』等によると永正九年閏四月頃か。＊＊

(34)「三条大納言天正五年三月十八日」

「遙尋花／こえつくすかきりは花の木陰そとけふも霞の山路くらしつ　藤中納言」。＊＊

(35)「三条大納言点天正六年十月八日」

「朝露／深きよの……」以下。＊＊

4　〔三十首和歌詠草　ほか〕

五部の和歌詠草等を収める和歌合集。袋綴一冊。二六・八×一九・六糎。江戸後期写。紺無地の表紙に題なく、内容を加味して上記の如き仮の題名を付けておく。本文十五丁。後表紙の裏に一枚（表のみ）がのりづけにより加えられている。

(1)「三十首和歌詠草」。家隆三十首、俊成の評点を付す。後部に全文を翻刻。

(2)「三十首和歌御当座　年月可尋」。巻頭は

風前萩　　等貴

ちる萩のいろをうつさはうらみましすきゆく風のあとをたつねて

以下、作者は、通秀・栄雅・実隆・義尚・基綱・為広・雅俊・小督局・政国・政行・貞頼・宏行。「秋田　義尚

秋山のふもとのおしねこきたれてかりいほさむみしくれふるなり」が、常徳院集153（文明十六年九月）「十五日同所（打聞所）当座に、秋田」として見えるので、この三十首の催行年月が知られる。義尚親近で和歌を好む公武女房である。

(3)「長享二年六月廿六日和歌御当座」。

名所夏秡　　義熈

志かの浦や春の面かけたつ波の白ゆふ花にあさのゆふして

以下、尚隆・政広・尚胤・敏康（廉）・宏行・御詠・政行。十五首。「常徳院集」364に「（長享二年）六月つくる日歌合し侍しに、名所夏秡判者子」として右の歌が見えるので、催行が長享二年六月三十日であることが知られる。なお「御詠」も義尚の歌であることが家集三六五〜九にみえる。福井本に、この「長享二年」の歌会歌と飛鳥井雅章の「詠三十首和歌」（「立春　もろこしの空もへたてぬ日の本の光にけふや春はたつらん」以下。すべて十六首）と合せた一冊があり、それによると、この会は「長享二年六月卅日十六首和歌御当座」とあり、日が喰違っている。前掲の「三十首和歌詠草」本について右の会は、端作り題の「六月廿六日和歌御当座」の「廿」が何かの字の重ね書きとなっており、或は、親本に「六月卅日十六首」とあったのを誤写したのではなかろうか。更に上掲本7は十五首しかないが、福井本では七首目に「泉辺待人　政行　我のみはあたら清水の夕すゝみ心をくみてとふ人もかな」があり、十六首。この福井本は、新写本だが、浅倉屋書店の売價札に「飛鳥井雅章卿　写」とあり、おそらく欠歌のない雅章筆本か何

かを写した本なのであろう。本文の比較検討など、将来の検討課題であろう。なお井上「長亨二年六月三十日十六首和歌御当座——歌会か歌合か——」（和歌史研究会会報94、昭63・9）で述べたが、常徳院集に「歌合」とあるのは、歌会歌十六首を歌合（八番）に番えたのではなかろうか。

(4)「詠三十首和歌年月不知逍遥院実隆公点　作者　豊原統秋」。

巻頭は、

　　早春鶯

　常盤山いつれかわかん鴬のまつにあらそふ春のいろかは

　　　下句いひしりてことにをかしくみえ侍り

「寄世祝」まで。「僻案十六首　花押（写し）」とあるが、現在は合点十三首にある。

(5)「詠三十首和歌　飛鳥井雅章卿」。巻頭は「立春　もろこしの空もへたてぬ日のもとのひかりにけふやはるはたつらん」。但し二十九首。上記福井本によると「不逢恋」の次に「逢恋　恋死なんいのちなかさの恨をも逢夜の床に思ひくらして」があって三十首となっている。

なおこの書の末丁表紙裏の一枚には「輦車宣旨事　近衛司事」などメモめいた三行があり、「秘〻」と記している。

(1)について追記しておく。精査は俊成・家隆の専攻者に委ねるとして、この三十首歌は家隆の初期から、承久以後の、寛喜頃辺の定数歌の歌がみえる。早く創ったものを後年の定数歌に入れたという解も出来るが、疑問である。末の「宝治元年正月日」（この年二月に改元）とも相俟って後人の撰ではなかろうか。『私家集伝本書目』によると伝本は数本あるようであるが、敢て他本との校訂校合はせず、一本のみの掲出に止めた。

なお早く長谷川信好「家隆三十首和歌」があることを追記しておく。（「ハ、キ木」（帚木、'36・11）。

三十首和歌詠草

加筆　俊成卿
作者　家隆卿

春

たをやめのはるたつけふの衣よりにほひそめたる花のいろかな

巧に読出され侍れとも始終首尾せすかへりてた丶ことやうにきこえ侍る

春くれはあまのたくなはくりかへし霞にけりな塩かまの浦

優美にこ丶ろ詞殊勝に候

たか中の（に）遠さかりゆく玉章のはてはたえぬる春のかりかね

玉章のはてはたえぬるとは何ことにか侍らんよしいかなる証本哥もあれかし此哥におひては理不聞依て甘心せす候

つれ〳〵となかむる屋との《はな》桜花《軒はにも》あまりてつらき春雨のそら

腰の句つゞきをれてきこゆる依て愚意をあらはし候いか丶

╲足曳の山のかひよりふく風に雪とみるまて花そちりくる

貫之の山のかひよりといへるを以ておしかたとせられけるにやと覚侍る優美のすかたにや

さらてたにすまはやとおもふ山さとに心をそふるよふことり（虫）□な

すまはやとおもふことはゆきてすまはやとおもふにやこれら詞たらすなん侍る

河かせに《日をへつ丶》花やちるらん《うつろひゆけは》山ふきのいろになりゆくゐてのうきくさ《玉河》

河かせに花やちるらんの五文字不優井手の萍とはてたる詞不甘心候

夏

╲あふちさく岡辺にきなく時鳥ふちのゆかりのいろやとふらん
╲郭公まつとせしまに我宿のいけのふちなみうつろひにけり
╲たちのほるけふりもくもとなりにけりむろのやしまのさみたれの空
╲たか袖につゝむほたるの衣川おもひあまりて玉とみるまて
首尾せさるやうにきこゆ本哥の心如何
╲春のゝちなほも心そあこかるゝさみたれの雲の花のにほひに
こゝろえかたき趣向に候

秋

╲秋風のふきにし日より片岡のせみのなく音もいろかはりゆく
本説の心もかなひけるにや
△とふ人も秋╲よりほか《ならて世に》なかりつる《なきものを》山辺のいほのはつかりのこえ
本哥の人もみえぬに秋はきにけりといふを鳫の音信をそへられ俳意とせられたるにやたゝし三の句つゝきおもはしからてさは
きこえかたくや
わひ人のそての《たえぬ》なみたのしらつゆを《そてのうへを》すてすやとかる《わすれすとふは》秋のよの月
袖のなみたのしらつゆをといへる不甘心〳〵
ふるさとをとふ人もかな君おもふ草にやつれて秋やへぬらむ
下の句心得かたくこそ
╲心さしふかくそめてし龍田ひめおるやにしきの山のもみちは

俳意はたらきてきこえ候

╲今こむとたのめてかは《ふく》る秋のよのあくるもしらぬ松虫のこゑ

かはるといはんよりふくるといはゝ

草も木もいろかはりゆく秋かせにさとをわか《は》れす衣うつ也

本哥里をはかれすとふへかりけりといへるにちかひて衣うつ也ほとなく聞ゆる秋かせにさこそよさむならんことはなへての事ならんなれとも衣うつさともあるへしうたぬさともなとかなからんや趣向無覚悟候

冬

冬くれは人めもかるゝ山里に草葉にのこる有明のつき

草葉にのこる有明の月心えかたく侍にや先初五文字の趣は初冬と聞えて有明の月上の句のものにあらす心たかひにや

╲たつたひめしくれももろく降にけりこのはちりゆく木ゝの下蔭

もろくなりゆく我なみたかなといへるにはちかひてこのしくれもろくなると侍るは落葉以後はしくれたもつへきやうなし木の葉とひとしくおつるにや不甘候

いかにせんさためなき世をいとふへきよしのゝ山もうちしくれつゝ

此五文字をしへのことくかろ〳〵とおかれぬ詞にやこの御哥にはかなひてもきゝなし侍らす又よしのゝ山のしくれしとていかにせんとまてうちなけくへきことわりとも不覚候

神無月たれにたむけの山かせやもみちのにしきしはしとゝめよ

此風躰相□（見カ）かふへし

＼炭かまのみねのけふりも雲こりて《もへたてなく》雪けになりぬ大原のさと

　恋

かはらしのかたみといひし月かけもあ《袖に》まりて袖に今そこひしき

さゝかにのかよひしみちも秋かせにかきたえにける夕くれのそら

　　めつらしくとりなされ侍る

うきなからぬれにし袖そなつかしきかへるあしたの道しはの露

　雑

夢さめてみるもはかなし山里にかせのまへなる窓のともし火

なくさめし夢のねさめのあらましも今はものうき我身なりけり

谷川の朽木《こけむす》のはしもうもれ木の人にしられぬ道やたえなん

　　朽木の橋もうもれ木もいかゝ

　点二十首七首点脱漏（朱）　釈阿

右一巻壬生二品道に長せられしころ読かたあやしくおもはれ詠草のうち三十首撰出し釈阿に点を乞れしなり当家添削の意味しらしめむと写しおくなり道をゆるさゝる人にゆめ〳〵披見おそるへし穴賢〻〻

宝治元年正月　日　　　　　　　　　大納言為家　判

付章　詠百首和歌（江雪百首）

井上蔵の本百首は一軸本。杉箱入り、箱の大きさは、長さ三〇・九糎、幅八・〇糎、深さ七・七糎。蓋に「百首一軸《由道様御筆》」とある。江戸中期の写（奥書の元禄十五年写と見てよいであろう）。

巻子本の軸は木製、表紙は緞子、地は薄茶色の裂、金糸で草花の模様を浮織りにしている。端の部分は金糸がかなり剥落している。裏は薄青色の紙で、小菊花の丸紋が金で描かれている。小菊花の紋様は縦横放射状型に並べられている。表紙の幅はほぼ三〇・〇糎、縦二八・〇糎。本文料紙は斐楮混ぜ漉き。色変りで三様の紙を継いでいる。すべて二十一紙、各、縦二八・〇糎、横四五・五糎。紙ごとに、山水・山村、水辺の里、人物（山人・漁師等々）、樹木・田園の景が描かれ、鳥・馬などが、かなりユーモラスに描かれている。

江雪は岡氏（また板部岡氏）。融成と号した。後北条氏の臣であったが、その滅亡後は秀吉・家康に祗候、慶長十四年七十四歳で没した。家集に、彰考館本（『私家集大成』7所収、五二九首・五十句を収める）、また「江雪詠草」（井上蔵、二五七首所収、井上編『中世和歌　資料と論考』に中田徹の翻刻）がある。詳しくは上記両書の解説を参照されたい。以上の外に本百首が作品として加えられた。戦国の武人で和歌の数寄者は多いが、今川氏真（四種の家集がある）には及ばないとしても、二つの家集と百首を持つ江雪は注目される。戦国武士の和歌好尚を見る好資料としてここに収めた。

詠百首和哥

江雪

山早春

1伊駒山雲もかくさて出る日の
光のとかに春やこゆらん

海辺霞

2ふく程はそれ共みえす浦風の
たゆめる浪にたつ霞かな

鴬

3それかとてたとりし声の日にそへて
さたかになりぬ園の鴬

若菜

4分て猶わかなをそ摘花かたみ
めならふ草はあまたあれ共　」一

残雪

5春くれは日毎にひきく成そ行
雪の積し塵ひちの山

余寒

6暮るより夜すからさえて朝霜の
ひるまの程そ春としらるゝ

梅発得客

7梅さけはおもはぬ袖を鴬の
こゑのあやをる糸や引くる

遠村柳

8遠かたやなひく柳に一村の
里を見せたる春の朝風

春月

9影曇る月こそあらめ春のよの
なかゝらぬさへ秋にかはれる

春曙

10心さへひかれもて行詠かな
かすみなからの峯の横雲

春雨

11音をこそそれ共きかねかけくらく
うちかすむ軒や春雨の空

帰鴈

12引琴のかひやなからむ春の鴈の
かへりつくせる後の夜の月

春草

13みしかきに長きもましる春の草に

むら〳〵をきく霜を見る哉

春駒

14 春の野にいはへて出る駒の声は
たゝわか草のいさむ也けり

尋花

15 色〳〵の花の千本を分来ても
なを奥運ふ春の山ふみ

山花

16 色まかふ雲はなくとも散花の
忘かたみに見よしのゝ山

水上花

17 立帰る浪もあた也河風に
なかるゝ花のうき名残とて

款冬

18 忘ては詠にけりなやまふきの
さけは暮行春のつらさを

藤花随風

19 咲藤の枝こそ風のまゝならめ
散るをは花にまかせてしかな

暮春

20 年毎にとまらぬ春をしたふやと
運ふ心に心はつかし

余花似春

21 夏山のしけみに残る花はたゝ
くれなて春を常盤木の陰

新樹

22 けふ毎に茂りやそひし軒近き
山の木立の木間すくなき

山郭公

23 道をたにしはし忘て一声に
ゆかん方なき山ほとゝきす

関時鳥

24 名残をはしたふ心に留をきて
関をはやすく行時鳥

菖蒲

25 あやめ草苅尽すよりにこり江の
水のみとりの色たにもなき

五月雨

26 出る日の光もわかぬ五月雨の
空や岩戸のためし成らん

民戸早苗
27 隙もなくとる早苗かな民の戸の
あけやらぬより暮る空まて
橘
28 明ほのゝ春の詠の花もいはし
たちはなかほる夏の夕暮
瞿麦
29 あつき日の影を隔て夕暮の
まかきにすゝしとこ夏の花
夏月
30 涼しさを月の光に詠れは
あけやすき夜の猶そみしかき
鵜川
31 馴てたにさそなう船の篝火は
きゆるややすむ晦成らん
蛍
32 忍ふ草のかけに蛍のこかるゝや
誰にみたるゝ運ひ成らん
蚊遣火
33 かやりたく草の庵りのさひしさを
余所に見せたる夕煙かな
夕顔
34 下くゆる煙を花の匂ひとや
小屋の軒はにかゝる夕かほ
夏秋
35 立かへる夏はあらしなみそき川
ゆふ風さはく瀬ゝのしら浪
暁知早涼
36 更る夜の鐘を枕にさきたてゝ
すゝしさつくる秋の初風
七夕
37 思ふこと書尽てや年毎に
文月を星の契なるらむ
荻
38 四方の秋の夕のかせを一もとの
荻やあつめて先そよくらむ
野外萩
39 野分してとてもあたなる露を皆
こ萩かうへにちらせてしかな
薄

40うしとたにまたいひあへぬ宿の秋を
まつ穂に出る庭のを薄
旅鳫
41程もなくくる鳫かねは故郷の
空さへ旅のやとりなるらん
鹿
42小倉山秋の哀のあまりかな
ふもとの里のさをしかの声
夜虫
43待て聞ね覚は嬉し虫の音に
おとろかされはくやしからまし
秋夕
44何方の夕もか丶るゆふへかと
㸒てふ秋の里にとは丶や
里月
45真木の戸はさしこそやらね名残とて
入にし夜半の月の跡まで
月前空観
46打むかふ心もそれに成はて丶
中〳〵月もわかぬ空かな
残月
47明はて丶うすき光の月も猶
かたふく影のおしからぬやは
霧
48露のふるすかたを見せてうすきりの
草のうへ行野辺の朝かせ
擣衣
49㸒風の夜はの枕をきぬたとや
夢を衣にうつ音のする
沢畔鴫
50鴫のたつ沢田の畔の夕暮は
おち行水のをとも身にしむ
草花
51朝またき分し花の丶名残とて
ほさまくおしき衣手の露
槿
52残るたに程なく消て時のまに
をくれ先たつあさかほの露
紅葉
53それとしもまた色分ぬ梢さへ

しくれのころはむつましき哉

紅葉待霜

54 秋風に残るかた枝のもみちはゝ
いつの夕への霜をまつらん

炑唯一日

55 詠はやたゝけふのみの秋の日を
あかしかねつる長夜にして

初冬

56 昨日かも秋をゝくりし寒風や
けふしも冬に立かへるらん

時雨晴陰

57 かきくらす時雨の空の晴まかな
しはし茂木のかけのやとりは

落葉

58 ふきやりて山さむからん嵐哉
木のはころもゝ雲の衣も

霜

59 照りなから分て日影の寒き空は
けさをくまゝの庭の夕霜

椎柴

60 椎柴のうら吹かへすゆふ風や
またきに月の影を見すらん

寒草

61 分て猶寒き色かな枯し中に
ひとむら青き霜のした草

氷

62 水底も氷のかゝみくもらぬは
池の玉藻や光そふらん

千鳥

63 河かせになく声そへて吹なかす
水よりさきに行千鳥かな

水鳥

64 岩かきのかさなる陰を水鳥の
さむさへたつる便とや住

草庵聞霰

65 真木の板の軒はもよしや静なる
草の庵りに霰ふるをと

峯雪

66 朝戸明の高ねの雪にさむかりし
よるの嵐のほとそ見えける

野雪

67冬枯の野へのお花の残る色を
ともまつ雪とけふやふるらん

鷹狩

68末までは分もつくさてかへるの、
夕へや鳥の命成らん

爐辺閑談

69夜嵐もおなし心にかたるまは
さはかしからぬ埋火のもと

歳暮近

70かそふれは年の限そ遠からぬ
半過行冬の日数を

伝聞恋

71いく伝つたへ来にける面影の
末よりするのなとか恋しき

且見恋

72身にそへて思ふもつらしみちのくの
あさかの沼の草の名のみを

不言恋

73我なからさても過行月日かな
いひつくすとも数ならぬみを

不逢恋

74徒に積る月日をあひ見ての
のちの絶まに歎てしかな

依忍増恋

75しられしと思ふかうへの恋しさは
うきにそへたるつらさ也けり

逢恋

76をしやるも名残おもはぬ今夜かな
わかひとりねに馴し枕は

別恋

77又よとのことのはなくはうき命
けさの別になからへんやは

白地恋

78ましはりの人まにもらす一言は
夢ともわかすうつゝともなし

変恋

79たのめこし人の心の秋かせに
みたれもて行袖の露かな

隔関路恋

80 とけぬへき心もしらてしたひもの
関ちを中の月日かなしも

故郷恋

81 をとせねはとふ人もなし袖に落る
なみたの滝のみやこなれとも

被厭恋

82 悔しくもたゝ我からのつらさかな
したひよらすは人もいとはし

偽恋

83 いつはりのうきも猶こそたのまるれ
おもはぬ中はそれもいはしと

披書恨恋

84 見るからに中〳〵まさる恨かな
人たかへたる文の返しを

絶久恋

85 忘草霜より後も枯やらて
いつをかきりにわけむ中道

暁

86 暁を世のこと草のたねとてや
ね覚の露のをきまさり行

薄暮

87 またきより夕へをいそく遠方の
なかめのするゑや松の一むら

竹

88 朝夕の露うちなひく窓の竹に
すくにはあらぬ心とやみん

浪洗石苔

89 幾たひかよりて岩ほをこす波の
あらふに苔のみとりますらん

滝

90 岺に吹嶺の嵐も残る日も
落てそひゝく清滝の浪

春秋野遊

91 春も秋も分こそあかねむさしのゝ
かすみにましり霧にむせひて

山家人稀

92 わか庵はまたあさけれととふ人は
たえて深山の奥のおくかな

眺望

93 めつらしき気色也けり見る度に

すかたかはりてうかふ海山

羇中友

94 けふ毎に遠さかりにし道なから
ともなひゆけは故郷の空

旅泊雨

95 旅ねする苫屋にかきる夕かな
もりくる雨も苫の雫も

夢

96 うつゝをも現と見ねは転ねの
まことの夢の夢はたのまし

古寺

97 □□くる夕のかねやふる寺の
さひしさ告る便なるらん

述懐

98 事たらぬ名さへひとりか上ならて
たくゐある世そ中〳〵にうき

往事

99 □ふには昔に成しいにしへも
たゝけふのまの月日也けり

心静延寿

100 よしあしも心にかけぬいとまこそ
玉のおなかきためし也けれ

右百首者以祖父君
江雪斉自詠自筆之
和哥而写之訖行年
七十有六歳之秋也
元禄十五年丙午年
八月日　　房明
岡野万次郎殿
送之候

目録
——論文と随想と——　追補

前著『和歌　典籍　俳句』所載の「目録」に失念したものと、それ以後発表した拙文とを掲出した。

一九八二年（昭和五十七年）
十一月「題詠・題林・和歌題林抄」『専修大学図書館蔵古典籍影印叢刊』刊行会会報9
一九九九年（平成十一年）
八月　（書評）「稲田利徳『和歌四天王の研究』」
『中世文学研究』25
二〇〇九年（平成二十一年）
二月　『和歌　典籍　俳句』（笠間書院）
十月　「歌書探訪のころ」『かがみ』40
十一月「古書肆の目録をめぐって」
『思文閣古書資料目録』善本特集第二十一集
十二月『関西例会一〇〇回の歩みと和歌文学研究の動向』（和泉書院）
四月京都女子大学にて行われたシンポジウムの発言記録（井上発言分は十三頁）
十二月「秀歌撰と百人一首」
秋山虔編『平安文学史論考』（武蔵野書院創立九十周年記念論集。武蔵野書院）
二〇一〇年（平成二十二年）
一月　「滋味掬すべき句集」
星野晃一編『室生犀星句集』の読後感。（紅通信。紅書房）

三月　「私の俳句事始」

　　『寒雷』800号記念特別号（3月号）

三月　『吟詠教本　和歌篇』（上下二冊。㈳日本詩吟学

　　院と共編。笠間書院刊）

四月　「古書販売目録と国文学研究」

　　『日本古書通信』（'10・4）

　和歌研究のため歌集などの資料を求めて、

全国の図書館を訪れている内に、戦前・戦後

に出された古書肆の販売目録に、国文学の貴

重な写真版や解説のあることに気がついた。

往年多く出された弘文荘の待賈古書目をはじ

め、現在多くの注目すべき目録が出されてい

る。国文学研究に当たって貴重な資料となる

ので、各図書館では是非永久保存の処置をと

ってほしい旨を記した。

初出一覧

第一章　「王朝和歌から中世和歌へ」
「福岡大学日本語日本文学」第六号（'96・11）

第二章　「秀歌撰について」

第三章　「秀歌撰としての百人一首」
以上両章、秋山虔編『平安文学史論考』（'09・12、武蔵野書院）所収「秀歌撰と百人一首」を校訂して収めた。

第四章　「法印公順と拾藻鈔」
『拾藻鈔』の部分は、冷泉家時雨亭叢書『中世私家集十二』解題部分を参考として記述。あとは書下し。

第五章　「伏見稲荷大社と中世和歌―中世和歌への一過程―」
『朱』（あけ）第五十一号（'08・2稲荷大社発行）

第六章　「南朝の和歌について」
片桐洋一・久保田淳・島津忠夫・井上編『古典文学に見る吉野』（'96・4、和泉書院）所収、「南北朝動乱期の文学」の内、「南朝の和歌」より（初めの部分は省略した）。

第七章　「和歌史の構想」

兼築信行・田渕句美子責任編集『和歌を歴史から読む』（笠間書院、'02・11）

あとがき三題

「古書肆の目録をめぐって」（『思文閣古書資料目録』第二十一輯、'09・11）

「追懐三十年」（立教大学日本文学　第九十八号、'07・7）

あとがき三題

三題の「あとがき」を載せることは、他に例があまりないと思うが、今まで私の歩んで来た回想の一斑を随想として記した二文と、通例の形の「あとがき」一編とを合せて巻末に置かせていただく。

古書肆の目録をめぐって

桑原武夫の「第二芸術」論が発表された昭和二十一年、私は学生であった。若いころから俳句に手を染めていたので、衝撃がなかったとはいえない。ところが、天邪鬼の気味が多少あった私は、この論でかえって和歌（短歌）・俳諧（俳句）の面白さを知った。後に古典和歌を専攻するようになった遠い原因がその辺にあった、と今になると思われる。

和歌の家二条家と京極家との対抗に関心を抱き、その経緯を調べ始めたのは、大学の卒業論文の折で、それが契機となって中世和歌を専攻すべく、志を立てた。和歌史の流れや歌人伝（歌人の活動した軌跡）などを探るのには、公刊されている目録によって、多くの文庫・図書館を訪れて未刊資料を調査する必要のあることを知った。そこで見出したのは、中世和歌の資料、つまり歌学・歌論書、撰集、家集、百首歌……の類が、未刊のまま、未調査のまま大量に放置されている事実であった。現代、もし伝統的短詩型文学とされる短歌や俳句が「第二芸術」であるとしたら、古典時代のそれは正に「第一芸術」であったことを、訪書を通して体感したのであった。

和歌史研究の基本は、未刊・既刊を問わず、多くの資料を調査することにあるといえよう。そのため上に述べたように、各地の図書館・文庫を、目録という手引書によって訪問することが必要になった。昭和二十年代の終り頃のことである。そういう資料探訪を続けている内に、資料の宝庫ともいうべき大事なものの存在に気がついた。それは何かといえば、古書肆の目録である。

「馬内侍歌日記」という和本が三百六十万円で掲出されていた『弘文荘待賈古書目』（第三十二号、昭32）という冊子を見て、貴重な和本というものが沢山残っているのか、と感動した。目録には書名に続いて、書誌、解説があり、時に写真版が載る。夥しく掲出されている歌書の中には未知の書もきわめて多い。眺めている内に思わず頭に浮んだのが、これは大変な資料集ではないか、と。

古書肆の目録は、もとより販売を目的として編まれたものであろうから、その点を考慮して読んでも、新しい知見を多く得ることが出来た。現在その書が存在するのか否か不明であるにしても、その目録が刊行された時点では確かに存在していたものであり、書誌・解説によって概略を知ることが可能だし、写真版があれば更に内容を具体的に知りうるもので、実に大切な資料であることが確実に察知された。その「書目」が時々出品される古書展などで古いものがあると購入し、勤め先の早大図書館所蔵分を披見し、欠巻を伊地知鐵男先生から拝借し、写したり（コピー機など普及していなかった時代である）、写真に撮ったりして収集に努めていると、その内、直接に送られてくるようになって嬉しかった。手許に積まれた「書目」から物語や歌書の自分用の書名目録や索引を作成したものである。

弘文荘の「書目」が中止された現在、書誌・解説・写真版など、最も充実した目録は管見の及ぶところ『思文閣古書資料目録』であることは申すまでもないであろう。私など、目録を資料として論文作成に利用（活用）し、目録に掲出された写真版による本文の一部や奥書などを資料に用いることはしばしばである。中世の例を一、二挙げておこう。『弘文荘待賈古書目』35号（昭和三十五年刊）に「等恵・道祐等三十番歌合」が掲出されている。六名による歌合、肖柏自筆判の原本の由。現在所蔵者は不明だが、等恵は堺の連歌師と思われ、これはおそらく肖柏門下による堺の町衆・連歌師の歌合で、室町後期、堺でこのクラスの人々によって歌合が催されていたことが知られる。また『思文閣古書資料目録』60号（昭和四十四年刊）にみえる「今川宗誾詠草巻」（八十余首所収）一巻は、戦国大名今川氏最後の当主氏真の詠草で（現蔵者不明）、氏真は武将としての評判は史上あまり芳しくないが、武家歌人としての力量は一流で、その家集は、他に、内閣文庫本、架蔵本（「詠草中」および江雪詠草合綴本）と上記「詠草巻」を合せて四種が存する。武家歌人でこのような複数の家集を持つ人物は少なく、その数寄の程が窺われるし、室町時代和歌史においてきわめて注意すべき人と思われる。

以上、小さな資料と思う向きもあろうが、研究者としては和歌史・歌人伝を考察する上に新資料としてやはり大事なものと考えるべきもので、こういう例は枚挙に暇ないのでここで止めるが、古書肆目録の資料的価値の重さは明らかであろう。私の専攻する歌書についてのみ記したが、この貴重さ、重要性はどの分野についてもいえることであろう。

古書肆目録と併せて、図書館・美術館・博物館などで特別企画の展示会が開催された場合に編まれる図録類の貴重さも注意されねばなるまい。解説は専門の学芸員や研究者の執筆が主で、有益な教示を受けることが多い。

上掲の目録・図録類が学術的（あるいは美術的などの）貴重な資料であることは、かつては諒解されていなかったとみえ、これらの目録・図録は散逸して了ったことが多いらしく、必要があって古い目録類を見ようとしてもその探索は容易でない。しかし近時は、図書館等の機関でもその資料的重要性が知られたらしく、蔵書として保存することが多くなったようで、たいへん喜ばしい。この措置が断絶することのないように切望する次第である。

追懐・三十年

一九六二年（昭和三十七年）四月、縁あって立教大学一般教育部の専任講師に就任した。偶然同じ年に東大を定年になられたフランス文学の渡辺一夫大先生も専任になられた（やがて仏文科設立と共に文学部に移籍された）。遠くから挨拶申し上げても、きちんと帽子を取って返礼される方であった。

私はその年まで高等学校の国語科教員をしていて、大学の講壇に立ったことがなかった。長野甞一先生に呼ばれて懇々と御教示を受けた。一年目は「文学」という一般教育科目を六コマ受けもってもらうが、対象は社会科学系の学生なので、文学に興味を持ってもらうために、近代文学、なるべく小説を取り上げるように、とのことであった。

初耳であったので、ハタと困惑した。私は古典が専門で、近現代文学は好きで読んではいるが専門の研究家ではないので、とても豊かな講義をする自信はない。しかし開講は目前に迫り、考えて一つの方法に辿り着いた。

週六コマ（六クラス）を二つに分けて三クラスずつとし、前期に小説を講じたクラスには後期に詩歌を、そして他のクラスにはその逆を、というようにして実行した。詩歌、つまり短歌と俳句とについては自信があった。小説には極上の参考書があった。伊藤整の『日本文壇史』である。これを骨子として作品のさわりを読みつつ文学史に沿って講義した。詩歌の方は歌壇・俳壇とそれを構成する歌人・俳人のエピソードやゴシップを中心に作品を鑑賞した。私は古い時代の歌壇史が専攻なので、どうしても文壇的な話が中心となった。後に、ある受講生に聞いたら、マア面白かったと評価してくれた。

その頃の日本文学科の会議の折、福田清人先生が塩田良平先生に向って、「塩田さん、いま明治生まれというのは、全人口の一割だかの少数派になったそうですね」と嘆声を発した。当時の日本文学科では両大御所と金子武雄先生が明治生れで、あと長野甞一・野口定男・宇野義方・松崎仁・小田切進先生、みな大正生れで、井上も辛うじて大正末年の生れであった。因みに、先日ある会で井上は乾杯を仰せつかったので「大正生れなので指名されたのでしょうね」と挨拶したら、一斉に笑い声が起った。今や大正生れも少数派である。やがて浅井清・平山城児・佐藤善也・白石悌三といった昭和生れの方々が登場、しかし守屋省吾さんにいわせると、みな昭和一ケタで、私から二ケタ生れなのだそうである。この拙文を読まれる方々、昭和生れだ、というと笑われる時期も間近ですよ。

昭和四十三年文学部に移籍。翌年大学紛争。学部長から各学科若手を出して学生と対応せよ、という指示で私が押出された。それに関わることはまだ余り語りたくない。そのあと六号館研究室の配置換えがあり、学生諸君の読書空間を広げるために、教員は元来一人部屋の狭い一室に四人が入ることとなった。私は松崎・小田切・前田愛氏と相部屋で、窮屈ではあったが、専門外のさまざまな見方や知識をえて楽しくも有益であった。松崎・小田切氏は整頓派、前田氏・私は机上雑然派。特に前田氏の雑然たる机上に書類が吸い込まれるとまず再びは現れなかった（松崎先生曰く、ブラックホールだね）。しかし前田さんの学問を含めてのスケールの大きさには敬服した。前田さんが急逝、松崎・小田切先生の定年のあと、石崎等・渡辺憲司・藤井淑禎氏と同室して一九九二年私は定年を迎えた。

ガイダンス、修学旅行、ゼミ、『日本文学』の編集等々、懐しい思い出は多いが語り尽くせない。教職員、助手、副手、学生諸君、沢山の個性豊かな方々との出会い、また研究に、教育に、実に充実した三十年であった。

あとがき

和歌研究に志した契機については、これまでにも述べたことがあるので繰返すことはしない。

思えば長い読書遍歴といえるかもしれない。昭和十年前後、小学生であった頃、幼年倶楽部、少年倶楽部の愛読者であり、そこに載っている宣伝につられて、少年講談や、高垣眸、平田晋策、山中峯太郎……の小説を耽読した。本を欲しいといえば母は渋い顔を見せず買ってくれた。

昭和十四年に、千葉県立大多喜中学に入った。城下町の中学で、まずは蛮カラといってよい校風であったが、私は武道・教練など体を使う技はできるだけ怠けて、終業後は一目散に帰宅し、小説類に読み耽った。母や叔母の愛読していた婦人雑誌にも必ず目を通した。愛染かつらの少し後の頃である。改造社の現代日本文学全集や世界大衆文学全集の端本がかなり沢山あって愛読した。中学四・五年の頃から俳句に手を染め、才の無いことは久しい前に自覚したが、六十数年続けている。いちおう加藤楸邨の弟子で、寒雷の同人である。俳句は「私」を力強く支えて呉れた。

教科としては、国語と歴史とが好きで、戦争末期、勤労動員とか国民学校の助教とか、兵役（輜重二等兵）とか、何れも数ケ月間勤めさせられたが、戦後の昭和二十一年、何とか第二早稲田高等学院（早大予科）に入学することが出来、二十四年三月修了と共に学制改革により第一文学部第三学年に編入、二十六年卒業、二十八年文学研究科修士課程修了。大学付属の高等学院の教諭となった。

男子校で、生徒の質は高く、同僚の教員にも個性的な研究者肌の人が多く、昭和三十七年三月まで勤めたが、史料を探索し、論文を書き、発表しうるよき環境であると共に、それまで確実な知識として私の内部に定着していなかった国文法や現代文学について、教材研究に手を抜かず、勉強できたことは実に有益であった。そして三十七年四月立教大学に遷ったが、高等学院・立教を通じて勤務の傍ら、数点の論著を公刊することが出来た。

立教大学の定年は六十五歳で、平成四年三月に辞し、四月から特任教授（当初は客員教授）として早稲田大学に遷り、平成九年三月定年により辞し、高等学院と合わせて四十四年に及ぶ専任の勤めを終えた。

今回まとめた本書は、第一章に序説的な文、第二〜六章に「論文」の如きものを収め、第七章にまとめ的な文を置いた。従来私の執って来た、資料に基づいて歌人なり歌壇の様相を明らかにする文章よりは俯瞰的なものが多くなったのも、年齢ゆえであることは自覚している。第四章の一文のみが、私としては従来の方法に依った最後のものであろうと思っている。若い頃は何時までも従来執って来た方法が可能かと思っていたが、それは全くの誤りで、書庫めぐりする体力は減退し、史料探索にも限界を感じ、若い研究者の発表にはただ驚くばかりの齢になって来ている。

第八章は、もと架蔵本の列挙である。私自身の「歌壇史」「歌人伝」の史料のために収集したもので、あるいは和歌史研究の一助となるものもあろうか、と思い、若干の解説を加えたものを含めて記したが、自らおこがましい一章であることは、これまた自覚している。散佚してしまう資料（史料）をともかくもメモして置く気持からのものである。お許しを請いたい。

通史的なもの、或は論文を重ねたものなどの単著を既に六部——歌壇史三冊、歌人伝二冊、総括性を帯びた一冊——を刊行した（外に随想を含めた一冊がある）。実は「室町時代歌人伝」の一冊を密かに考えていたが、余りにも歌人が多くなり、調査に力が及ばなかった。いま気力・体力の減退を省みて、本書を以て私個人の（「研究」といえるか否かは別として）研究書（単著）は終焉を迎える。研究めいたことに手を染めて六十年、多少の感慨はあるが、ここに記すべきことでもないであろう。

なお歌人伝や歌壇の調査を自分なりに行うために、洋装本・和製本を問わず少しずつ集めた書架であったが、貧しい「研究」にもけじめをつける齢《よわい》を迎え、書架の解体を思って本書をまとめることとした。本書の第一章と第七章とに今までたずさわって来た和歌史調査について、「王朝和歌から中世和歌へ」と私なりの大まかなみとりを記したが、それを本書のサブタイトルとした（なお本書とほぼ同時に『句文集　書架解体』なる一書を刊行する予定でおります）。

長年、教導を忝くした恩師・先輩、同学の方々には何とお礼を申してよいか分らない。御高教を心から謝す次第である。なお本書の構成などに関しては中村文氏、山田洋嗣氏の御助力を得た。そして本書の刊行を快諾して下さった青簡舎の大貫祥子さんに心からの謝意を捧げたい。

二〇一〇年九月

井上宗雄

井上宗雄（いのうえ　むねお）

一九二六年生まれ。早稲田大学大学院修了。

早稲田大学高等学院教諭、立教大学教授、早稲田大学教授を経て、現在、立教大学名誉教授。

専攻は中古・中世和歌史。

主著に、『中世歌壇史の研究』（三冊。風間書房・明治書院）、『平安後期歌人伝の研究』（笠間書院）、『鎌倉時代歌人伝の研究』（風間書房）、『百人一首　王朝和歌から中世和歌へ』（笠間書院）、『京極為兼』（吉川弘文館）、『中世歌壇と歌人伝の研究』（笠間書院）など。

書架解体　王朝和歌から中世和歌へ

二〇一〇年一〇月一〇日　初版第一刷発行

著　者　井上宗雄
発行者　大貫祥子
発行所　株式会社青簡舎
〒一〇一-〇〇五一
東京都千代田区神田神保町一-二-七
電　話　〇三-五二一三-四八八一
振　替　〇〇一七〇-九-四六五四五二
装　丁　佐藤三千彦
印刷・製本　株式会社太平印刷社

ISBN978-4-903996-32-5　C3092